诗　　化　　人　　生　选
宋　宜　东　格　律　诗　著

宋　宜　东 ◎

四時雜興

文匯出版社

图书在版编目（CIP）数据

诗化人生：宋宜东格律诗选. 四时杂兴 / 宋宜东著
. -- 上海：文汇出版社, 2023.8
ISBN 978-7-5496-4095-9

Ⅰ.①诗… Ⅱ.①宋… Ⅲ.①格律诗－诗集－中国－
当代 Ⅳ.①I227.7

中国国家版本馆CIP数据核字(2023)第136760号

诗化人生
四时杂兴

责任编辑 / 甘　棠
封面设计 / 陈瑞桢
照排设计 / 上海温龙图文设计制作有限公司

出版发行 / 文匯出版社
　　　　　　上海市威海路755号（邮编：200041）
经　　销 / 全国新华书店
印刷装订 / 上海光扬印务有限公司
版　　次 / 2023年7月第1版
印　　次 / 2023年7月第1版第1次印刷
开　　本 / 720mm×1000mm　1/16
字　　数 / 320千
印　　张 / 19.5

ISBN 978-7-5496-4095-9
定价：180.00元（全三册）

卷首语

诗词是心灵的窗口、情怀的写真、情感的圣地，也是情绪表达、宣泄与疏通的阀门。

养成经常品读经典的良好习惯，能让我们跨跃时空的界限，与先贤智者实现零距离的交流，就像当面聆听大师的教诲、汲取贤者的智慧、领略古今中处的风土人情一样。这对丁陶冶人义情怀、净化心灵底色、提高文化素养、增强文化自信，有着其他方式难以替代的作用与效果。

养成经常品读经典的良好习惯，也是增强民族文化自信的内在需求，更是时代发展的客观需要。

经典诗词艺术宝藏中的每一首优秀作品，都具备穿越时空流向未来的能量，是最优美生动贴切的语言荟萃，是最高的语言艺术形式，有着难以言尽的艺术魅力。它们能够给人以正向的启迪与鞭策、正面的感化与触动，有助于人们各种情怀、情绪的表达、宣泄与疏通。所以，无论你年长、年幼，也无论你从事何种职业，处在何种位置，都需要主动地与诗意结缘。

常言道：兴趣是最好的老师。数十年来，笔者常常沉浸于经典作品的品读之中不能自拔。《诗化人生》正是笔者数十年根植丁经典作品的丰厚沃土，博观约取，滋生出来的一株新苗。

创作过程中，笔者秉持"传承传统文化，陶冶人文情怀，净化心灵底色，诗写时代篇章"的创作理念，历时十载，经过了反复推敲，无数次的修改。今天，诗集《诗化人生》终于杀青了。希望对读者能有所裨益，能对文化传承尽点微薄之力。

诗集由《四时杂兴》《望月比兴》和《阅世遣兴》三部组成，皆为格律诗。

《四时杂兴》则主要以写景为主，歌颂祖国山河壮丽，体悟物我合一之美妙，冀望提升生活情趣，陶冶人文情怀。

《望月比兴》顾名思义是描写爱情的诗篇。部分篇什是以军嫂的情感经历为创作背景的，当然更多的是一般人的爱情情怀。守国土、戍边疆，好男儿志在四方！因而，夫妻分居乃是平常事，捐躯也不觉冤枉。思念便成为军嫂们常常要经历的漫长心路历程。如果你是一位军人或军嫂，抑或你是一位为了国家、民族或大我的利益，时常要舍小家而顾大家的人，相信你能从中读到曾经的自己。

《阅世遣兴》触角广阔，从咏物、抒怀、写意、惜时、感悟等等多个角度赞美自然，阅读社会，感悟人生。也许人人都能从中找到自己的影子，领略到似曾相识，又难以言状的情感、情怀，若能有所启迪、鞭策与激励，实为幸甚。

诗集以主题分类。将同一个主题的诗放在一起，以便于比较。读者若能带着问题关注索引注解条目，或可探微以征堂奥。

由于笔者能力和精力所限，作品不可避免地存在错讹和不足。对此，恳请读者批评指正。

诗集的出版，得到过许多诗友和老师的帮助，在此一并表示深深的谢意！

宋宜东

2023 年 5 月

目 录

五律

秋

七律

春

七

律

春情

脱箨新篁散初绿，流泉洗耳奏新声。
鹿眠山草山浓淡，猿戏云花云晦明。
花径春枝传妙意，雨条烟叶系人情。
淡烟翠幕莺啼巧，青嶂丛峰晚色盈。

注：

脱箨新篁散初绿，化用自宋代朱敦儒《浣溪沙·其五》。原句："脱箨修篁初散绿，褪花新杏未成酸。"

"雨条烟叶系人情"，引用自宋代晏殊《浣溪沙·杨柳阴中驻彩旌》。

春游侧记

峭帆顺渡柳堤岸，叠鼓惊飞汀上鸥。

莺燕弄闲春雨细，蝶蜂争急暖烟稠。

泉回浅石弄新曲，径转垂藤通远幽。

醉袖迎风诗意起，平生奇绝逊兹游。

注：

首联从北宋刘筠《句》中化用而出。原句："峭帆横渡官桥柳，叠鼓惊飞海岸鸥？"

颈联化用自中唐柳宗元《从崔中丞过卢少尹郊居》。原句："泉回浅石依高柳，径转垂藤闲绿筠。"

春景醉人

红杏梢头莺啭巧，桃林侧畔暗香流。

峰奇风嫩鸣泉响，天好气融寰宇幽。

燕侣弄闲霞彩溢，仙姝含笑柳丝柔。

景佳韵美人如醉，千古风情眼底收。

注:

该诗与北宋朱淑真《眼儿媚·迟迟春日弄轻柔》中"午窗睡起莺声巧，何处唤春愁？绿杨影里，海棠亭畔，红杏梢头"的意境对比着看，会有新的体会。

月黄昏（新韵）

玉软容娇花带雪，暗香浮动月黄昏。

芳兰幽芷诗思远，冷翠寒烟画意真。

春态苗条先到柳，江梅些破未开匀。

耳闻天籁今同古，举目神州古异今。

注：

首联化用自北宋林逋《山园小梅二首 其一》。原句："疏影横斜
水清浅，暗香浮动月黄昏。"

芳兰幽芷，语出南宋周密《绣鸾凤花犯·赋水仙》。

颈联化用自北宋毛滂《玉楼春·己卯岁元日》。原句："晓寒料峭
尚欺人，春态苗条先到柳。"

春夜赏景（新韵）

自在啼莺声梦幻，从风垂柳翠虚空。
烟滋露染谷幽静，绿嫩泉澄卉木荣。
眺迥青青竹雾里，回瞻澹澹水云中。
天容湖色画屏秀，月影星光诗意浓。

注：

烟滋露染，语出南宋吴文英《花心动·其二·柳》。原句："嫩阴里，烟滋露染，翠娇红溜。"

澹澹：有五种解释，1·荡漾貌。2·吹拂貌。3·恬静貌。4·广漠貌。5·颜色淡；不浓。读者可自己体悟诗中的用意。

玉兔照诗心

和风迟日闲登眺，暖律潜催独对吟。
山色镜中春荡荡，烟波缥碧夜沉沉。
莺啼燕语声盈耳，月照花飞光满林。
闲却新凉爽吾意，悠闲玉兔照诗心。

注：

和风迟日，语出宋初刘兼《长春节》。迟日，春日的意思。

暖律潜催，语出柳永《黄莺儿·园林晴昼春谁主》，乃是"潜催暖律"的倒装式。暖律乃指暄暖节令，即温暖的时节。潜：暗暗地，悄悄地，私下。催：对"暖律"而言也。

春醉

山深风嫩鸣泉响，天好气融寰宇幽。
红杏梢头莺啭巧，桃林侧畔暗香流。
琼蕤沁月枝上笑，瑶萼裁冰波面羞。
千种风情笔端写，万般春色画屏收。

注：

颈联首句第六字用了仄声字，由对句拗救，软件检测有误。依据是："该用平平仄仄平平仄的地方，第六字用了仄声字（或者第五第六字都用了仄声字），则在对句仄仄平平仄仄平中的第五字该用仄声的字改为平声字进行拗求"。（此语出自王力《诗词格律专著》）。

琼蕤沁月，瑶萼裁冰。语出元代徐再思《【双调】蟾宫曲·西湖》

琼蕤，似玉的花。瑶萼：如玉的花萼。

春色迷人

镜中杨柳垂新绿，云外岚峰刺碧天。
羞面半遮桃带雨，晚霞一抹水生烟。
春深花乱青山净，风暖莺飞彩蝶翩。
浆荡澄波诗意美，鸟梳霞羽画屏鲜。

注：

首联化用晚唐诗人韦庄《洛北村居》。原句："岩边石室低临水，
云外岚峰半入天。"

岚峰，山峰。

美景催诗

远峰淡墨轻轻点，深树黄鹂舌赛琴。
山色镜中春荡荡，水波眼里柳阴阴。
朦胧山水红香艳，浩淼城池绿韵侵。
诗意浓情胸内荡，好章佳句醉吾心。

夜色迷人（新韵）

连云接月峰高耸，映水含烟柳抚春。
山色镜中波荡荡，峰岚缥碧夜沉沉。
清溪石磴洒晖月，佳丽凉风弄曲琴。
诗意浓情胸内荡，好章佳句笔端伸。

注：

峰岚，带雾的峰。缥碧，浅青色。

春韵

淡烟翠幕莺声嫩，青嶂丛峰野色盈。
潭影涵星水天相，山光贯月韵峥嵘。
弄春风景诗翁醉，起舞吴娃墨客倾。
涨绿催红春脚步，吹香弄碧柳柔情。

注：

吹香弄碧，语出宋代詹玉《齐天乐·送童瓮天兵后归杭》。

春韵（新韵）

缕缕春风步履匆，东涂西抹画屏荣。
杏腮低亚千山艳，垂柳漂柔旭日红。
蓄雾藏烟幽谷暗，捎云蔽景露华浓。
歇栖孤鹤禅心定，自在娇莺梦幻工。

注：

春风步履，语出北宋彭汝砺《和济叔城上数篇·草》。

颔联化用了清代词人陈维崧《沁园春·咏菜花》"正杏腮低亚，添他旖旎；柳丝浅拂，益尔轻飏"中的意境。

夜昼都春娇

征鸿别浦北归去，垂柳嫩黄红淡描。
横嶂翠屏深夜月，长河碧水彩虹桥。
燕莺晴昼金丝弄，桃李花时粉片妖。
画里楼台烟霭里，湖中晓日碎琼瑶。

注：

琼瑶，美玉。

金丝弄，乃弄金丝的倒装句式。

金丝，这里指嫩黄丝柳。

春韵

嫩黄初染绿初描，耸翠层峦出九霄。
些许春光无限意，一帘曙色几多娇。
禽窥素艳淡烟里，风递幽香梦幻饶。
画景诗情胸内荡，百花深处鸟啼遥。

注：

宋代谭宣子《江城子·嫩黄初染绿初描》中有"嫩黄初染绿初描，倚春娇，索春饶。燕外莺边，想见万丝摇"这样的妙语。

颈联化用自唐末至五代齐己《早梅》中句："风递幽香出，禽窥素艳来。"

春韵（新韵）

苍壁紫苔岚霭笼，红花绿叶嫩风骚。

江平波暖雾遮寺，雨洗晓晴柳拂桥。

秾李一枝呈异彩，夭桃万朵溢春娇。

餐风饮露梦魂爽，心劲凌云诗意饶。

晨吟（新韵）

层峦耸翠探重霄，新月如眉上树梢。
几许春光娇翰墨，一帘曙色领风骚。
柳飘绿意清凉里，花绽芳奇梦幻饶。
满眼涵虚诗兴起，红湿深处鸟啼遥。

春韵

草嫩云昏谷幽静，回风醒酒露沾裳。
岩峦捧日暖春色，雾阁栖禽沐晓光。
芽吐枝伸莺弄曲，红增绿涨蝶偷香。
纵情醉墨达胸臆，亦幻亦真思绪扬。

春色迷人

绿涨红鲜百花笑，峰青似染刺云天。
岩回径险谷幽翠，兽跃莺歌瀑挂川。
弱柳扶风春色丽，夭桃吐艳暗香迁。
诗情画意胸中荡，大美怡心飘若仙。

晨景

谷锁烟霞韵窈冥，峰穿碧汉达天庭。
黄鹂啼晓衔朝日，嫩柳吐芽妆画屏。
雨润云温山滴翠，烟香雾绕鸟藏形。
遥山媚妩美难语，近水波微玉露泠。

注：

窈冥，1.深远渺茫貌。2.阴暗貌。3.遥空；极远处。这里作深远渺茫貌释。

玉露泠，玉露落的意思。

雨润云温，语出宋代杨无咎《西江月》。原句："态度雪香花瘦，情怀雨润云温。"

春韵（新韵）

东风着色谷幽微，绿嫩红鲜映晓晖。
惊梦黄鹂晨起早，解歌青鸟暮归飞。
遥山远黛连天际，近岸春烟隐子规。
桃李多姿承玉露，仙姝有梦舞低回。

注：

远黛，喻指女子之眉。

遥山远黛，有远山如黛之意。

子规，杜鹃鸟的别名。

暮春醉景（新韵）

花褪残红青杏小，春深芽吐绿荷圆。
谷中呖呖莺声翠，波底依依柳色鲜。
远望丛峰虚幻里，近瞻雾树有无间。
空灵飘逸恍若梦，无尽风流诗意燃。

注：

关于呖呖莺声，宋代吴激有"林莺呖呖，山溜泠泠"这样的妙语。

春归（仄韵诗·新韵）

萋萋芳草露堤平，澹澹长河雾墅杳。
燕入莺啼蝶懒来，红稀绿涨春归恼。
幽幽曲径接闲亭，袅袅垂杨迷远道。
画意诗情梦幻中，满屏翠色和烟老。

注：

萋萋：草木茂盛貌。

澹澹：荡漾貌

雾墅：烟雾中的田庐或别墅。

春归恼，有红减绿增蝶烦恼之意，也有佳人报怨春去早之意。

翠色和烟老，语出北宋梅尧臣《苏幕遮》。原句："落尽梨花春又了，满地残阳，翠色和烟老。"

入夜（新韵）

窈窕明霞映江水，朦胧诗意染黄昏。
峰衔落日溪桥冷，笛弄晚凉杨柳新。
山色镜中春荡荡，烟波画里夜沉沉。
翠崖丹谷入归鸟，醉袖迎风梦幻真。

注：

峰衔落日，语出宋末元初尹廷高《玉井峰会一堂五首·其一》。原句："门外远峰衔落日，檐前古木卧苍烟。"

窈窕：深远貌；秘奥貌；美好貌。

夜游（新韵排律）

莺啭猿啼鸥鹭静，苍藤古木示黄昏。

连云引月峰高耸，映水含烟柳拂春。

幽谷鸣泉隔树响，野竹翠色落坡深。

江烟野水怡仙子，晚翠春红悦美人。

秀色可餐添野趣，山光胜画洗尘心。

注：

翠色落波深，语出李白《慈姥竹》。原句："翠色落波深，虚声带寒早。"

七

绝

赏春

鸥鹭悠闲堪爱处，春光正值耐看时。
赏春骚客叹诗瘦，啼晚黄莺舌赛诗。

注：

骚客，指诗人。

叹诗瘦：感叹自己的才情欠缺，难以描摹春之奇妙。

乍暖还寒

雪霁峰雕环宇美，粉妆玉砌景晶莹。
还寒乍暖松凝翠，冰笋消溶冬滴情。

注：

冰笋，倒挂的冰锥似笋的型状，故称冰笋。

初春

暖雨晴风化冰雪，梅腮柳眼报春情。
云开物润丛峰秀，日出烟新百鸟鸣。

注：

梅腮：梅花瓣儿，似美女香腮，故称"梅腮"。柳眼：初生柳叶，细长如眼，故谓"柳眼"。

关于柳眼梅腮，李清照《蝶恋花·暖雨晴风初破冻》中有"暖雨晴风初破冻，柳眼梅腮，已觉春心动"这样的描写。

春吟

垂杨拂绿莺啼晓，细雨润春丝柳黄。
夜永风柔香暗递，星稀月朗水流长。

踏青

风细柳斜春未老，桃红李白日初长。
闲花野草深山里，不以无人而不芳。

注:

不以无人而不芳，引自初唐杨炯《幽兰之歌》。原句："虽处幽林与穷谷，不以无人而不芳。"

春韵（新韵）

春光浮动岸草嫩，碧水空濛杨柳垂。
云涨山低风洒洒，谷幽天暗雨霏霏。

互恋

蚕老麦黄三月天，湖澄柳绿燕莺翩。

晴花照水仙姝妒，恩爱鸳鸯情侣怜。

注：

首联借用自《咏杜鹃花》中的名句："蚕老麦黄三月天，青山处处有啼鹃。"

春韵

轻寒漠漠丛峰秀，岚霭霏霏南国幽。

玉露东风晨照里，百花带雨笑含羞。

注：

轻寒漠漠，语出宋代王同祖《春日杂兴》中句："轻寒漠漠雨霏霏，春院人闲半掩扉。"

岚霭霏霏，语出明代何乔《题黄君愈宣江山一览亭》中句："波光潋潋摇文几，岚霭霏霏扑绮栊。"

春半

涨云幽谷凝新碧，飘雪梨花春半休。
莺燕弄闲丝雨细，蝶蜂争急暖烟稠。

春游侧记（新韵）

湿翠醉红花似染，朦胧春色瑞烟浮。
轻舟泛碧寻溪转，天际闲云自卷舒。

春眠（仄韵诗）

雨沐山衣云纫岫，桃花结子因春瘦。
云窗静掩醉翁眠，烟漫雾霏芳节后。

注：

雨沐山衣云纫岫，化用自南梁吴均《同柳吴兴何山》中句："轻云纫远岫，细雨沐山衣。"

云窗静掩，语出北宋周邦彦《齐天乐·正宫秋思》。

芳节：阳春时节。

春意融融

袅袅轻烟笼淑景，溶溶春水浸春云。
桃花带雨胭脂透，嫩柳拂风娇态欣。

注：

淑景，1·美好的时光。2·美景。3·指春光。4·指日影。这里指美景。

溶溶春水浸春云，引自欧阳修《浣溪沙·其三》。原句："湖上朱桥响画轮，溶溶春水浸春云，碧琉璃滑净无尘。"

春景写真（新韵）

参差梨雪濛烟柳，带雨桃花笼宿云。
空翠苍波明晓色，残霞夕照映黄昏。

暮春景色

如许绿阴春已尽，鸣鸠乳燕乐无忧。
更阑人散星光好，夜永寒轻细水流。

暮春（新韵）

风拂垂杨丝万缕，露沾芳草润千林。
暗香浮动花飘雪，春色参差谷涨云。

春光迷人

桃李含烟妖薄暮，玉兰带露靓晨辉。
春光懒困娇莺啭，野色清凉群燕飞。

赏 春

一

瑶萼裁冰花露笑，琼蕤沁月柳含羞。
景幽韵美人如醉，画意风情眼底收。

注：

琼蕤沁月，瑶萼裁冰，语出元代徐再思《【双调】蟾宫曲．西湖》。
瑶萼，如玉的花萼；琼蕤，似玉的花。

二

玉露芳菲晨照里，蕙风布暖绿神州。
池凝新碧吟中醉，花驻老红望里幽。

注：

蕙风布暖，语出北宋柳永《倾杯乐》。蕙风，带有蕙花香气的风；
布暖，把温暖散布在人间。
尾联化用自宋代吴潜《南柯子·池水凝新碧》中句："池水凝新碧，
阑花驻老红。"

三

风飘飞絮花争艳，雨沐山衣景色幽。
飞燕嬉春晨起早，野莺弄曲晚来收。

四

举目烟波春拍岸，回瞻台阁雾侵窗。
著风和雨柳飘碧，绿湿红鲜翠染江。

注：

春拍岸，语出宋代钱惟演《玉楼春·城上风光莺语乱》"城上风光莺语乱，城下烟波春拍岸"。

春醉（新韵）

峰衔落日溪桥冷，笛弄酣声杨柳新。
潭影涵星水天色，湘云湘月醉杀人。

春色醉美人（新韵）

窈窕明霞映晴碧，朦胧诗意染黄昏。
江烟野水怡仙子，晚翠春红悦美人。

春景若梦

雨洗桃花风拂柳，半胧溪月水光鳞。
芳兰幽芷春思远，侧畔莺声梦幻真。

春晨

新燕双飞弄天语，垂杨拂绿漫挈人。
翠崖丹谷回峰影，轻霭淡烟霞景新。

醉景迷人

晴岚暖翠融融处，浅杏深桃俏竞春。
秀色可餐惊俗目，诗情画意醉游人。

幽谷春色

风拂垂杨丝万缕，露沾芳草湿千林。
重崖野卉绽春色，幽谷黄鹂空好音。

春晨

烟滋露染谷幽嫩，红溜绿娇花木春。
翠鸟啭喉晨起早，垂杨摇尾漫挲人。

春醉（新韵）

旭日升空花映水，出墙红杏艳惊春。
蜂黏轻粉蜂儿醉，蝶舞仙裳蝶醉魂。

春夕（新韵）

淡烟疏柳莺声嫩，浅杏深桃俏竞春。
玉软云娇花似雪，暗香浮动月黄昏。

踏青（新韵）

霞光普照景色异，空翠湿衣杨柳新。
鸥鹭悠闲堪爱处，回眸片片玉霄云。

注：
明代谢潜《松云为丁文华作》中有这样的名句"几为采苓迷却路，不知空翠湿衣巾"。

夜色迷人（新韵）

苔枝缀玉栖禽小，淡淡疏疏倒影侵。
水镜涵星水天相，湖光山色醉吾心。

注：

苔枝缀玉，语出南宋姜夔《疏影·苔枝缀玉》。原句："苔枝缀玉，有翠禽小小，枝上同宿。"

春景一瞥

连云引月峰高耸，映水含烟柳抚春。
群燕嬉春湖面闹，黄鹂巧啭艳阳新。

醉春

风送幽香修竹翠，山衔落日曲阑斜。
丝丝嫩柳拂春水，片片轻鸥落晚沙。

注：

片片轻鸥落晚沙，引自陆游《鹧鸪天·懒向青门学种瓜》。原句："双双新燕飞春岸，片片轻鸥落晚沙。"

春情

笛弄晚风流水淙，山衔落日曲阑斜。
篱边疯长纤纤笋，槛外闲开艳艳花。

春景醉人

鸟吐清音叶隐形，漫山空翠溢春情。

云流高峡风光丽，鹰击长空野兔惊。

注：

鸟吐清音，语出南北朝佚名《子夜四时歌·春风动春心》。原诗为：

　　春风动春心，流目瞩山林。

　　山林多奇采，阳鸟吐清音。

杨柳吐金

野卉飘香莺啭巧，晴云度影暗山林。

日烘楚塞凝新碧，风拂三湘柳吐金。

注：

楚塞，指楚国边境地带，这里指汉水流域，此地古为楚国辖区。

三湘，湖南有湘潭、湘阴、湘乡，合称三湘。一说是漓湘、蒸湘、潇湘总称三湘。

窗外

疏雨微风野水遐，春雷惊笋欲抽芽。
垂杨幽径窗前景，宿鹭孤帆眼底花。

赛仙景

霏雾弄晴晴亦雨，条风布暖翠屏横。
径伸蒙密莺声碎，幽谷泉鸣瑞气盈。

注：

周邦彦《应天长·商调》中有"条风布暖，霏雾弄晴，池台遍满春色。"

蒙密，草木繁茂的样子。

春景迷人

野禽占竹蝶寻花，燕子衔泥鸳睡沙。
风细柳飘春未老，峡云烘日欲成霞。

注：

尾联化用了陆游《寒食》中的名句。原句："峡云烘日欲成霞，瀼水生纹浅见沙。"

雨夜春景

雨昏径柳灯光暗，雾笼林枝花气盈。
鸥宿汀洲闲有意，莺啼月夜梦初惊。

晨景

晨起梦馀香雾散，绿杨烟外晓寒轻。
春工渐老芳华歇，野色自新诗意盈。

注：

绿杨烟外晓寒轻，引自宋代宋祁《玉楼春·春景》"绿杨烟外晓寒轻，红杏枝头春意闹"。

春工渐老，语出南宋徐宝之《莺啼序》："春工渐老，绿草连天，别浦共一色。"

仙景

桃李含烟妆画卷，垂杨带雨弄新晴。
鹿眠山草山浓淡，猿戏云花云晦明。

春潮

霏雾弄晴千嶂暗，条风布暖翠屏横。
春潮带雨晚来急，野色含烟云共生。

注：

首联化自北宋周邦彦《应天长·商调》中句："条风布暖，霏雾弄晴，池台遍满春色。"

春潮带雨晚来急，引自唐代韦应物的名句"春潮带雨晚来急，野渡无人舟自横"。

雨意润春

碧水溶溶杨柳翠，岚峰漠漠入虚空。
日曛湿重花啼泪，云暗山冥雨意中。

步晓

新阴步晓觉径小，沁碧清溪漂落红。
粉翅搧情晨照里，恋花吮蜜百花中。

江景

岸花含露团香雪，秀色烟姿无有中。
一片沙鸥浑似画，游鱼跳浪碎江红。

春光正浓

鸟啼竹动月移影，泉响溪流风递香。
剪剪轻寒春欲半，桃红李白日初长。

注：

轻寒剪剪，语出北宋宋祁《贺中丞晏尚书春阴》"轻寒剪剪著春旗，楼外晨光已暗移。"

剪剪：寒气侵袭，时轻时重貌。

夜色溶溶（新韵）

雨晴烟晚山空静，溪碧林幽月色融。
料峭春寒风剪剪，梅花飘落杏花红。

注：

雨晴烟晚，语出五代冯延巳《清平乐·雨晴烟晚》。

轻舟犁浪（新韵）

烟滋露染谷幽嫩，绿翠红溜卉木荣。
白鹭翩翩上晴碧，轻舟犁浪入虚空。

湘水楚天（新韵）

露坠鸟惊湘水绿，山空鹤唳剑峰青。
楚山漠漠楚天碧，江水澄澄江月明。

注：
宋代顾禧《客湖上》中有"春老莺啼倦，山空鹤唳收。"
江水澄澄江月明，引用自张可久的名句"江水澄澄江月明，江上何
人捣玉筝？"

燕怪莺嫌

丝丝细雨送凉意，片片飞花落雅亭。
燕怪春悭湘水绿，莺嫌花老楚山青。

注：

尾联化用了元代徐再思《【双调】蟾宫曲·西湖》中"日重来，莺嫌花老，燕怪春悭"的意境。

晓前春色

莺啭芳侵春意闹，枝头月挂晓前明。
西湖寒碧呈幽色，夹岸垂杨闲弄晴。

飞花弄晚

碧水溶溶春色丽，林莺呖呖物华明。
丝丝飞雾渐寒意，片片飞花弄晚晴。

春韵

水光萦映流泉响，山色空濛百鸟鸣。
波静柳黄春意闹，烟斜月淡晓寒轻。

注：

山色空濛，语出北宋苏轼《饮湖上初晴后雨二首·其二》"水光潋滟晴方好，山色空濛雨亦奇。"

醉春

鹿眠山草山浓淡，猿戏云花云晦明。
花径春枝传妙意，雨条烟叶系人情。

注.

雨条烟叶，雨中的柳条，烟雾中的柳叶。形容凄迷的景色。

雨条烟叶系人情，语出宋代晏殊《浣溪沙·杨柳阴中驻彩旌》。

春韵

雨润云温山滴翠，流泉洗耳奏新声。
野花芬苾随风至，黄鸟欢歌迎面呈。

注:

雨润云温，语出宋代杨无咎《西江》。原句："态度雪香花瘦，情怀雨润云温。"

芬苾，芳香。《荀子·礼论》中有这样的用语："五味调香，所以养口也；椒兰芬苾，所以养鼻也。"

春工渐老

晨起梦馀香雾散，绿杨烟外晓寒轻。
春工渐老芳华歇，野色自新诗意盈。

景如仙

条风布暖春光丽，霏雾弄晴鸥鹭翩。
翠竹风摇声入耳，云端瀑挂景如仙。

夜色迷人（新韵）

柳斜风嫩碧空净，莺语惺惚夜色娇。
万树春花烟霭里，一溪风月碎琼瑶。

注：

莺语惺惚夜色娇，化用了陆游的名句"桑间椹熟麦齐腰，莺语惺惚野雉骄"。

落红桥

东风拂面柳丝嫩，桃李溢香花色娇。
横嶂翠烟深夜月，长河碧水落红桥。

注：

横嶂翠烟深夜月，化自南宋末真山民《杜鹃花得红字》中句："枝带翠烟深夜月，魂飞锦水旧东风。"

春潮

柳径幽中烟水绱，百花深处鸟啼遥。
殷殷翠翠花花果，雨雨风风暮暮朝。

溪云乍起（新韵）

苍藤古木泛新碧，碧嶂清流笼淡烟。
柳泣莺啼花径漏，溪云乍起雨斑斑。

注：

溪云乍起，语见清代曹贞吉《柳色黄·对雨和竹垞》"溪云乍起遮山，酿做几丝微雨"。

春来春又去

东风柔渡江南岸，染柳熏梅破峭寒。
红瘦绿肥春谢幕，子规声里雨如烟。

注：

染柳熏梅，语出清末郑文焯《蝶恋花·其三》"花月一春供几醉，染柳熏梅，费尽铅华水"。

春景

照野粼粼光影闪，横空片片絮云娇。
垂杨金浅东风嫩，淡月疏烟桃李夭。

注：

垂杨金浅，语出南宋陈亮《水龙吟·春恨》"春归翠陌，平莎茸嫩，垂杨金浅"。

景醉翁迷（新韵）

连云引月峰高耸，映水含烟柳抚春。
景醉翁迷时未觉，一轮飞镜照乾坤。

景动心

幽涧芳兰自春色，黄鹂深树啭佳音。
晴云度雨空山静，绿湿红鲜景动心。

俏竞春（新韵）

一缕丹霞抹天际，半胧溪月映黄昏。
晴岚暖翠融融外，浅杏深桃俏竞春。

雨润如酥

翠崖丹谷回峰影，雨润如酥草色新。
潭影涵空水天色，岚光浮翠惹人亲。

注：

翠崖丹谷，语出李白《西岳云台歌送丹丘子》。原句："三峰却立
如欲摧，翠崖丹谷高掌开。"

月黄昏（新韵）

浅桃深杏风姿丽，露染风裁花色新。
玉软云娇春带雪，暗香浮动月黄昏。

春风化雨

梅失黄昏香浸夜，雁惊酣梦向天歌。
春潮带雨晚来急，解冻东风绿野坡。

注：

梅失黄昏，语出宋末元初张炎《法曲献仙音·题姜子野雪溪图》。
春潮带雨晚来急，引自中唐韦应物《滁州西涧》。

夜色迷人

星坠碧湖山吐月，枝头梅绽蕊飘香。
远山如黛风光好，夜色迷人寰宇祥。

绿初描

瀑流云海呈虚景，耸翠层峦出九霄。
别浦征鸿声渐远，嫩黄初染绿初描。

注：

别浦征鸿，语出明程敏政《衍圣公四景画·其三》。

嫩黄初染绿初描，引用了宋代谭宣子《江城子·嫩黄初染绿初描》。

仙境

谷中呖呖莺声翠，云外岚峰半入天。
眺迥青青山敛雾，回看澹澹水生烟。

春色

墙外桃花墙内杏，举枝探脑溢幽情。
鱼游鸥下画屏美，莺啭蝶嬉诗意盈。

月挂枝头

山色镜中春荡荡，烟波缥碧夜沉沉。
莺啼燕语声盈耳，月挂枝头光满林。

景醉心

草吐玉茵花绽蕊，鱼潜碧水鸟栖林。
更阑人散星光好，夜永寒轻景醉心。

春韵

碧水空濛杨柳翠，山岚漠漠嶂峦重。
妖红慢绿春光丽，鸥鹭忘机诗意浓。

注：

尾联化用了韩愈的名句"谁收春色将归去，慢绿妖红半不存"。

春脚步

轻舟犁浪入虚空，烟渚云帆画卷融。
送暖东风暄大地，熏梅染柳步匆匆。

春晨

弱柳从风飘嫩绿，夭桃带雨笑含羞。
花红露冷霞光照，水碧天高岚气柔。

潭碧影真

夹岸高山透寒气，急湍猛浪奏天歌。
谷幽云笼春姿足，潭碧影真翁面酡。

月上枝头

月上枝头栖鸟静，和风澹荡柳婆娑。
翠禽声小悬泉响，诗意朦胧梦幻多。

注：

和风淡荡，语出前蜀尹鹗《金浮图》。

南宋吴文英《花犯·其一·中吕商·谢黄复庵除夜寄古梅枝》中有"屏山外，翠禽声小"句。

春山

雨润云温山滴翠，流泉洗耳奏新声。
春归大地生机旺，蝶舞蜂忙百鸟鸣。

春韵

寒轻夜永凝晨露，暖日明霞洒晓晖。
雨润云温山滴翠，朦胧春色雾霏霏。

红杏出墙

柳弄轻柔桃绽蕊，淡烟岚霭锁朱楼。
芳邻绿嫩莺声巧，别院杏花墙外酬。

莺啭稠

春弄轻柔香暗流，祥云紫气锁朱楼。
雾霏霭散碧空静，红杏梢头莺啭稠。

湖光镜色（新韵）

翠绿疏竹繁露坠，石泉远响百舌喧。
池凝新碧笼轻雾，花驻老红鸥鹭翩。

注：
尾联从宋代吴潜《南柯子·池水凝新碧》"池水凝新碧，阑花驻老红"
化出。

春娇

征鸿别浦北归去，垂柳嫩黄红淡描。
些许春光无限意，一帘曙色几多娇。

春色迷人（新韵）

浅桃深杏风姿丽，露染风裁花色新。
潭影涵空水天色，山光浮翠远俗尘。

注：

浅桃深杏，语出柳永《玉蝴蝶·其二》

潭影涵空，语出宋孙觌《游东塔雨中夜归二首·其二》。

日夕（新韵）

一片沙鸥浑似画，夕阳残照半江红。
低垂夜幕群山黯，竹月生凉卉木荣。

注：

残照半江红，语出唐皮日休《天门夕照》。

春趣

枝头莺啭柳飘黄，细雨濛濛卉木芳。
千里烟波望不尽，平芜春色蝶蜂忙。

春情（新韵）

野鸭嬉水鱼逐浪，细雨朦胧柳吐黄。
千里烟波呈幻景，平芜春色溢芬芳。

春趣

杨柳轻烟浅金色，出墙红杏溢新姿。
莺初解语洞天处，酒面春风兴盎时。

注：

莺初解语，语出北宋苏轼《减字木兰花》。

春醉

映水垂杨飘嫩绿，渔舟唱晚鹭鸶翩。
乱花飞絮醉襟惹，暖漏轻寒散翠烟。

注：

渔舟唱晚，语出南宋丘崇《水调歌头·其三·戊戌迓客回程至松江作》。

乱花飞絮醉襟惹，化自宋万俟咏《三台·清明应制》中的"醉襟惹乱花飞絮"句。

月夜醉景

丝柳飘金晚风嫩，疏烟淡月碧桃夭。
碎霞澄水波光澹，靓女楚腰容貌娇。

红酣绿嫩

日上花梢蜂蝶舞，燕穿烟柳巧莺歌。
红酣绿嫩春波皱，天澹云闲新燕多。

春夕

春风澹荡山川绿，二月垂杨醉夕烟。
乍暖还寒晴雨晚，酡颜醉语落花前。

梨花带雨

闲亭翠竹溶溶月，垂柳回廊淡淡风。
桃李含烟画屏美，梨花带雨意朦胧。

春嫩景酣（新韵）

料峭轻寒风翦翦，春花娇嫩彩蝶翩。
碎霞澄水波光里，弱柳吐金诗意燃。

春意

啼莺求侣熏风里，山色空蒙旭日迟。
蕾破梢头诗意足，出墙红杏艳多时。

春晨（新韵）

腻云笼日远山暗，宿霭迷空幽谷暝。
日上花梢晨露坠，莺穿柳带碧波莹。

注：

腻云笼日，语出北宋秦观《沁园春·宿霭迷空》

春情

啼莺舞燕弄新晴，弱柳扶风诗趣盈。
蕾破梢头夭外溢，出墙红杏竞春情。

春韵

露润烟和映晓晖，东风生暖燕初归。
遥山变色绿眉扫，近岸花红百鸟飞。

注：

遥山变色，语出北宋柳永《倾杯·冻水消痕》。

别院杏枝

风拂平畴柳弄柔，淡烟轻雾锁朱楼。
林深绿嫩莺声巧，别院杏枝刚探头。

春情

岸边垂柳蒙烟雨，风舞柔丝吐嫩黄。
阡陌春花绽幽色，晴川野卉递幽香。

注：

野卉，野生花草。尾联化用了陆游《舍北野望》中"野卉栖孤蝶，平川起乱鸦"的诗句。

仙景

晴岚暖翠脱红尘，花影倒窥湖镜新。
山色空蒙显奇秀，苍茫清润赛仙宸。

注：

晴岚暖翠，指天气晴和时青翠的山色。语出宋张明中《贺郭落成新宅》
仙宸，神仙居住的地方，也作仙景。

春潮

烟雨迷朦垂柳岸，池凝新碧万丝黄。
山花怒放漫红白，卉木氤氲十里香。

注：

尾联首句化用了李白《送王应祥》中的"桃李山城漫红白"句。

春姿

残阳铺水江多彩，串日接天红透明。
岸柳飘柔山水映，仙姝歌舞目传情。

春韵

料峭轻寒翳翳风，梅花飘落杏花红。
嫩黄岸柳舞春韵，烟雨霏霏闻旅鸿。

熏风弄暖（新韵）

远山跌宕连天际，翠色有无如扫眉。
煦日烘晴涯涨绿，熏风弄暖渚洲菲。

春趣

青鸟唤春晨起早，黄鹂弄曲梦惊回。
东风着色谷幽翠，叶样花型孰予裁。

注：

元初张弘范《临江仙·其一中》有"黄鹂惊梦破，青鸟唤春还"。

春韵

东风著意翠幽谷，绿湿红鲜飘暗香。
隐现丛峰情幻化，鹅黄岸柳泛崇光。

注：

东风著意，语出南宋韩元吉《六州歌头·桃花》"东风著意，先上小桃枝。"

绿湿红鲜，语出唐温庭筠《春洲曲》"韶光染色如蛾翠，绿湿红鲜水容媚。"

竞春

奇葩艳卉争春意，百鸟跳枝竞秀姿。
万紫千红招尔恋，兰心蕙性惹吾痴。

晨景

黄鹂惊梦晨行早，青鸟鸣春前后飞。
幽谷朦胧烟雾锁，喧嚣瀑布洒晨晖。

倒春寒（新韵）

峭寒作弄倒时序，料理春醒情绪急。
细雪粘花花犯怵，未开嫩蕾诉悲凄。

注：

首联化用宋代卢祖皋《谒金门·其三》诗意"做弄清明时序，料理春醒情绪"。

春雨（新韵）

谷笼雾杏花如火，梨雪参差柳若烟。
霭锁楼台湖映翠，斜风吹雨半埋山。

桃杏争春

风微月皎远山暗，露重星稀碧水明。
桃杏争春夜无寐，探花竞艳溢柔情。

春夕

峰衔落日曲阑斜，笛弄晚风飘万家。
亭隐白云山色秀，烟笼碧树雨余花。

注：

唐代吕岩《牧童》有句："草铺横野六七里，笛弄晚风三四声。"

五

律

春吟

一

白鹭岸边立，流莺过短墙。
春云覆幽谷，晚色静年芳。
醉赏碧湖月，吟随青黛光。
笔端词赋秀，胸内物情藏。

二（新韵）

雾霏晴亦雨，波远净无风。
红入桃花嫩，春归梦幻盈。
空山醉鸳侣，深树隐啼莺。
吟兴一经起，笔端佳句生。

注：

颔联化用自杜甫《奉酬李都督表丈早春作》中句："红入桃花嫩，春归柳叶新。"

如梦似幻

——夜游入胜景

鸥鹭滩头睡，凫雏傍母眠。

江空鱼跳浪，波静水花圆。

袅袅垂杨柳，依依墟里烟。

空灵恍若梦，自在赛临仙。

注:

鸥鹭沙头睡，语出南宋释元肇《晓过吴江》。

凫雏傍母眠，语出杜甫《绝句漫兴九首·其七》。

袅袅垂杨柳，语出明杨慎《暮春淇馆会别以道》。

依依墟里烟，引自东晋·陶潜《归园田居五首·其一》。

游记（新韵）

雨霁天池碧，桃花醉脸曛。
峰间银布挂，崖上古松伸。
探手弄清浅，吟诗话古今。
望中仙女降，醉里画屏真。

醉春

一

桃绽百花艳，风轻烟雨霏。
春光无限好，秀色满屏辉。
翠鸟跳枝唱，仙姝莲步归。
寻章摘佳句，挥笔写心扉。

注：

中唐李贺《南园十三首·其六》有"寻章摘句老雕虫，晓月当帘挂玉弓。不见年年辽海上，文章何处哭秋风"。

二

楼阁笼岚霭，春风送暗香。
山重叠新翠，溪曲溅琼浆。
诗意胸中起，毫挥醉墨狂。
笔端词赋秀，文海出佳章。

注：

毫挥醉墨狂，化用自明代徐溥《琼林醉归图为李大济题》中的"笑把霜毫挥醉墨"句。

三

闲亭孑然处，举目鹤为邻。
桃李含朝雨，黄鹂�添早春。
蹉跎度时日，沽酒慰风尘。
胸内吟情荡，毫挥龙墨伸。

四（新韵）

雾霏晴亦雨，水碧静无风。
月上远烟淡，春归暖意生。
娇花醉鸳侣，深树隐啼莺。
梦境瑶池现，佳章醉里成。

五（新韵）

亭外春溜响，修竹绕舍环。
凝岚锁幽谷，绝顶入云端。
流霭嘘晴壁，悬泉腾紫烟。
诗情沉醉里，吟诵画屏间。

六

鸟啭红深处，春归丝柳黄。
仰望星斗隐，回看锦云张。
心伴物华动，情随吟笔扬。
挥毫佳句出，笔落墨飘香。

七（新韵）

幽谷惊初叶，梅林坠晚英。
峦峰依落日，桃李笑春风。
径静人无语，山空莺弄声。
吟诗歌岁月，把酒与渔翁。

八（新韵）

杜宇啭春山，岚峰半入天。
乌啼珠露坠，鹤睡玉蟾悬。
舟上东风度，桥头柳色鲜。
心同流水净，梦与碧云闲。

九（新韵）

清溪绕山转，幽谷抱千峰。
后壁屏风绿，前川瀑布横。
吟诗歌岁月，含笑坐东风。
香伴便风至，美从心里生。

十（新韵）

垂杨飘嫩绿，春意醉仙桃。
载酒弹巴曲，题诗写楚骚。
舞姿传妙意，笑靥透娇娆。
山色镜中看，风光分外娇。

十一

雪裁纤蕊密，杏绽溢芬芳。
月上远烟淡，春归丝柳黄。
山空涵宿润，谷净沐晨光。
心伴物华动，情随诗意扬。

注：

雪裁纤蕊密，引自唐末罗隐《菊》。

十二

重山泛新绿，溪碧溅琼浆。
月上远烟淡，春归丝柳黄。
鸟鸣红湿处，日出锦云张。
诗意胸中起，毫挥醉墨狂。

注：

月上远烟淡，化用自南宋陈渊《山寺早梅三首·其一》中的"烟淡
风微月上迟"句。

毫挥醉墨狂，化用自元代陈孚《题壁》中的"醉后挥毫扫任墨"句。

月夜春情（新韵）

清溪绕山转，幽谷抱千峰。
花径惊初叶，梅林坠晚英。
湖明镜春色，山秀画屏横。
月夜花颜笑，诗情醉醉翁。

春夕（新韵）

远峰衔碧水，岸柳绿飘江。
暮色千山入，熏风万里长。
春云覆幽谷，诗意静年芳。
鸟啭红湿处，翁迷梦幻乡。

注：

南宋朱熹《宿休庵用德功壁间韵赠陈道人》中有"暮入千峰里"句。

颈联化用了杜甫的名句："城上春云覆苑墙，江亭晚色静年芳。"

泛舟湖上（新韵）

湖碧柳阴阴，澄波花影侵。
轻舟犁翠镜，啼鸟哕晨音。
鸥鹭闲嬉水，山峦偷吻云。
春情浓画意，景美醉诗心。

春意暖心（新韵）

风软花云醉，烟酣鸟啭新。
繁英同烂漫，秀色共氤氲。
举目苍山远，回瞻桃李欣。
依依吟望久，画意暖吾心。

注：

明末清初罗万杰《假山》："萧然几片石，翠色共氤氲。婉转一峰出，周遮两岫分。"

春趣

雾霏岩谷暗，翠盖映澄江。
雨细润藤蔓，风柔拂面庞。
清泉漱鹅卵，鹤影渡舷窗。
景美醉游客，祥和巢鸟双。

注：

雾霏岩谷暗，引自北宋苏轼《游灵隐高峰塔》。原句："雾霏岩谷暗，
日出草木香。"

春景春情

鱼翔镜湖里，鸟啭翠微中。
远水接天际，雯华布碧空。
渔人唱归曲，野老展诗风。
月夜桃李笑，此情今古同。

注：

雯华，五色祥云。

山色水光静华年（新韵）

夕曛花气重，山色水光涵。
谷内清泉响，花间翠鸟喧。
心同流水净，梦与碧云闲。
自在浑无际，逍遥不记年。

水光山色静年芳（新韵）

春云覆幽谷，曙色静年芳。
白鹭岸边立，流莺过短墙。
山容浮紫翠，柳色绿侵江。
醉赏碧天景，吟随青黛光。

注：

首联化用了杜甫的名句："城上春云覆苑墙，江亭晚色静年芳。"
年芳，指美好的春色。

春醉（新韵）

晨晖洒幽谷，瀑布弄惊涛。
云气生虚壁，山光映碧霄。
乱红风里舞，丝柳雾中飘。
景醉豪情起，莺歌诗意浇。

注：

唐杜甫《禹庙》："云气生虚（一作嘘清）壁，江声走白沙。"

叶剪春娇（新韵）

夕阳西岭度，山远黛眉浅。

淡淡黄昏月，依依墟里烟。

水清芳草碧，鸟去絮云闲。

叶剪春娇绿，画屏诗意燃。

注：

唐孟浩然《宿业师山房期丁大不至》中有句"夕阳度西岭，群壑倏已暝"。

颔联化用了陶渊明的名句"暧暧远人村，依依墟里烟"。

月夜（新韵）

清溪绕山转，幽谷抱千峰。
举目惊初叶，回眸见坠英。
潭明汪秀色，鸟啭弄新声。
月夜花颜笑，诗情醉醉翁。

赏夜（新韵排律）

星月晴云色，风波江水声。
鲜花欢湛露，啼鸟颂东风。
流霭迷幽谷，凝云锁秀峰。
春寒天料峭，夜静意空濛。
鸿与山高下，谷同河共生。

醉春（排律）

奇峰萦淡雾，流霭共晴川。
宇净春光润，瀑鸣花气鲜。
落红和雨舞，柳絮带风翩。
疏蝶参差戏，雏凫傍母眠。
诗肠索旧句，恍若越千年。

早春

一（新韵）

迟日销冰雪，晴花照水寒。
夕曛岚翠重，山色共风烟。

注：

夕曛岚翠重，引用自清代朱彝尊《霜天晓角·晚次东阿》。

二（新韵）

披雪梅初绽，拂霞竹叶青。
鱼嚼花影动，人醉美篇生。

三（新韵）

披雪梅初绽，拂霞柳未青。
山空潭水碧，日照雪山明。

四

初晴九州美，玉砌腊梅莹。
大地溶冰雪，还寒绿意萌。

仙境

苍崖天斧劈，峭壁鬼神功。
绿嶂翠欲滴，晴川岚霭中。

踏青

浮云游子意，春色故人情。
玉蕊芳节绽，谪仙春梦惊。

注：

首联化用了李白《送友人》中句："浮云游子意，落日故人情。"

谪仙春梦惊，化用了苏轼的名句："惊起谪仙春梦。"

春晨

一

宿雨浥尘霭，晴云杂紫烟。
晨辉洒幽谷，卉木闹春天。

二

水碧柳阴阴，澄波花影侵。
鹊喧红日出，鸥狎渚沙金。

注:
尾联自南宋王质《山行即事二首·其二》中句："鹊声喧日出，鸥性狎波平。"化用而来。

三

红杏光浮水，黄莺声润春。
鹊喧朝日出，鸥狎渚沙新。

夜色迷人

潭碧冷浸月，峰玄光接云。
繁英同烂漫，秀色共氤氲。

春色迷人

长堤草色新，叠嶂带云阴。
露坠花争艳，风斜柳吐金。

时禽啼晓

山容浮紫翠，柳色泛鹅黄。
声翠红湿处，时禽啼晓忙。

竹露柳风

竹露滴清脆，柳风飘嫩黄。
云霞妆秀色，蜂蝶慕幽香。

春夜

春塘烟澹澹，岸柳嫩悠悠。
新月枝上挂，银河天际留。

细雨晓起（仄韵诗·新韵）

细雨清明后，黄鹂鸣翠柳。
潇湘花木荣，荆楚风烟秀。

醉景

烟霞朝晚聚，岚霭北南流。
野色黄昏黯，物情春梦幽。

暮春（新韵）

东风拂嫩柳，落日倚西楼。
燕懒莺声翠，红稀绿叶稠。

春意画屏收

碧水若翠镜，晴岚如瀑流。
千山眉黛扫，绿意涨田畴。

春景一瞥

一（新韵）

风微香暗递，天暖醉和春。
日暮千峰秀，岚流共日曛。

二（新韵）

露坠桃争艳，风斜柳吐金。
花遮仙子影，叶隐啭莺身。

举目

紫燕穿堂过，苍鹰掠地飞。
春深岚翠重，日旭宿云微。

注：

苍鹰掠地飞，语出苏轼《祭常山回小猎》。原句："弄风骄马跑空立，趁兔苍鹰掠地飞。"

春夕（新韵）

桃杏妆春色，云霞收晚霏。
好风吹嫩柳，新月吐蛾眉。

春光

晴岚低楚甸，瀑布挂苍涯。
春色朦胧意，风光若梦华。

江上晨景（新韵）

春深岚霭重，日旭宿云微。
江水鸭头绿，群峰翠作堆。

注：

江水鸭头绿，语出元末明初汪广洋《晚晴江上》。原句："江水鸭
头绿，楚山螺髻青。"

群峰翠作堆，化自南宋曾惇《题桐柏石道士院妙声堂》。原句："门
外千峰翠作堆，道人名籍在丹台。"

月夜春色（新韵）

淡烟浮草际，水面月华生。
衣点杏花雨，面吹杨柳风。

雨丝风片

云与山高下，谷同河共生。
雨丝风片里，花影玉泉声。

注：

雨丝风片里，语出清代王士祯的名句"十日雨丝风片里，浓春艳景似残秋"。

快哉风（新韵）

雨润百花绽，柳柔春色生。
一江湘水碧，千里快哉风。

注：

千里快哉风，语出苏轼《水调歌头·黄州快哉亭赠张偓佺》。原句：
"一点浩然气，千里快哉风。"

月夜（新韵）

星月晴云色，烟波江水声。
桃花欢湛露，啼鸟颂东风。

春娇

雪裁纤蕊密，杏绽溢芬芳。
月上远烟淡，春归丝柳黄。

注:

唐罗隐《菊》有："雪裁纤蕊密，金拆小苞香。"

晨醉（新韵）

春光侵碧水，秀色动情肠。
声翠红湿处，日出云锦张。

注:

李白《庐山谣寄卢侍御虚舟》中有："高张云锦耀日月，披拂玉树吹春风"。

春晨（新韵）

游丝惹朝日，杜宇啭春山。
袅袅垂杨雾，依依墟里烟。

幽谷（新韵）

雨霁碧天净，春深溪水潺。
半竿斜日照，十里野花酣。

晨 曲

岚峰时隐现，杜宇啭春山。
蜂抱花须碌，莺歌晨曲闲。

春 情

沾衣春雨细，拂面柳风清。
桃李夜不寐，芬芳诗意生。

春韵（新韵）

碧水绿如染，云烟匝几重。
林间百舌噪，陌上柳丝葱。

梨花带雨（新韵）

晨辉洒幽谷，瀑布弄惊涛。
竹叶含烟翠，梨花带雨娇。

春夕

暮色千山入，熏风万里长。
春云覆幽谷，桃李静年芳。

注：

苏轼《雨晴后步至四望亭下鱼池上遂自乾明寺前东冈上归二首·其》
有："暮色千山入，春风百草香。"

醉春风

堤伸杨柳翠，波泛夕阳红
鸟语赛名曲，花香醉晓风。

绿染春丝

风微碧湖皱，明绿染春丝。
缥缈笼烟雾，水光山色奇。

注：

宋代尹焕《眼儿媚·垂杨袅袅蘸清漪》中有："垂杨袅袅蘸清漪，
明绿染春丝。"

春韵

垂柳绿烟丝，桃花红粉姿。
云低帆觉重，水阔鸟飞迟。

注：

明代徐熥《送人游吴楚》中有："津亭垂柳绿烟丝，万里关山匹马迟。"
桃花红粉姿，语出元代赵孟頫《东城》。

春趣

疏林噪晚鸦，飞雪舞梨花。
杨柳漫飘絮，木兰闲吐芽。

春韵

垂杨漫飞絮，幽谷绿溪斜。
野鸭岸边戏，夭桃怒放花。

湖光山色

浅底群鱼戏，花间鸟哢晨。
湖光诗意显，山色画屏新。

注：

花间鸟哢晨，化用自中唐李端《题从叔沆林园》中句："鸟哢花间曲，
人弹竹里琴。"

春雨

山深谷幽静，树古叶涵滋。
细雨春风化，霏霏若散丝。

夏

七

律

初夏

绿阴铺野昼初长，晴影婆娑荷点塘。
吹面薰风迎面柳，沾衣玉露入怀芳。
蜻蜓点水成双对，老燕携雏远近忙。
画意诗情浓夏景，品茶会友好乘凉。

夏初工

雾霏霭湿意朦胧，一抹寒青无有中。
蝶歇蜂闲春已去，荫浓叶绿夏初工。
衰花难坠山涵雨，栖鸟易惊窗送风。
樱熟杏青光景好，谷幽林翠水流红。

注:

一抹寒青有无中，化用自宋代赵鼎《满江红·丁未九月南渡·泊舟仪真江口作》中的"但一抹寒青有无中，遥山色"。

夏景迷人

迎人弄影燕穿柳，抚面吹香晨弄风。

岚霭水光浮紫翠，流云山气入青红。

榴花半吐灵仙巧，玉蕊芳心造化工。

老眼困酣情未尽，新诗旧梦韵无穷。

注：

曾巩《甘露寺多景楼》中有："云乱水光浮紫翠，天含山气入青红。"

榴花半吐，化自北宋末·周紫芝《永遇乐·五日》中的"榴花半吐，金刀犹在，往事更堪重数"。

灵仙，指神仙。南北朝江淹《游黄檗山》有这样的诗名句"南州饶奇怪，赤县多灵仙"。

夏日情

青碧远芳连视际，馨香近卉润心田。
长河澄水接红日，彩霓艳姿妆碧天。
崖上黄鹂歌旧曲，枝头云雀奏新篇。
景佳韵美人陶醉，笔落诗成况味鲜。

注:

况味，景况和情味。

孰言新绿逊花色（新韵）

初夏晨游步履姗，亦真亦幻享清闲。
红稀绿涨生机旺，日煦风和景洞天。
燕舞莺歌流水碧，鸟翔鱼跃气氛欢。
谁说新绿逊花色，我信红花怯绿先。

幻景游记（新韵七排律）

冲波逆转声填谷，拍岸急流白浪翻。
树木丛生芳草茂，沙鸥群戏野花丹。
谷深空自恣情美，壁峭孰能随意攀。
涯溜喷空晴却雨，林萝蔽日夏还寒。
悠悠古寺笼轻霭，澹澹长河袅淡烟。
水镜圆灵自然气，娟娟瘦影荡清涟。

绝

观荷

浓霭锁屏荷叶娇，芙蓉出水任逍遥。
老鱼吐浪蛙声歇，醉煞观荷俏楚腰。

注：

楚腰，借指细腰女子。 唐代刘方平《采莲曲》中有名句——"落日晴江里，荆歌艳楚腰。"

荷趣

带雨新荷娇气生，风摇扇影卧鱼惊。
青蛙萍上晨光漏，白鹭枝头弄晓晴。

池荷跳雨

一

荷叶田田浓绿色，珍珠碎玉水银窝。
池荷跳雨清波泻，溅玉飞珠梦幻多。

注：

池荷跳雨，语出南宋杨万里《昭君怨·咏荷上雨》。

明代文彭《鹮林八景诗为赵都谏赋·其五·石涧水帘》有"溅玉飞珠"
语。

二

池荷跳雨散还聚，聚散飘移泻碧波。
大小珍珠绿中戏，声声悦耳美心窝。

赏莲

风皱夏池溪客颤，眼波回盼玉姝惊。
轻雷塘外声声近，天地悠悠万古情。

注：

溪客，莲花的别称。宋代姚宽《西溪丛语卷上》有："牡丹为贵客，
梅为清客，兰为幽客，桃为妖客，杏为艳客，莲为溪客。"

雷雨

挟雷风卷几多岭，翻墨云埋大半山。
急雨倾盆迎面泼，炸雷轰顶慑人寰。

风雨

云翻墨暴雨将至，雷振山川水涨流。
赏画屏诗写甘苦，抒愁怀看淡沉浮。

鸥闲鹭困

荷风竹露景清翠，斜倚阑干乘夕凉。
大美怡心诗意动，鸥闲鹭困柳丝飏。

注：
唐李山甫《牡丹》有："知君也解相轻薄，斜倚阑干首重回。"

醉景

轻云漠漠丛峰秀，旭日融融众壑深。
秀色可餐惊俗目，山光胜画洗尘心。

明月生凉

雨退云收晴景好，参差楼阁夕岚流。
星星洒落镜天色，明月生凉莺啭稠。

夏游

果上枝莺啼翠谷，草齐腰绿染沙洲。
沐晨辉醉写词赋，明霁色闲栽梦游。

注：

首联化用自赵善头《沉醉东风·山对面蓝堆翠岫》中的"山对面蓝堆翠岫，草齐腰绿染沙洲"。

山寺聆佛音（新韵）

潭影涵星水天色，层涛蜕月水光粼。
泉岩翠荫沾慈雨，山寺莺声伴佛音。

夏趣

菡萏花深鸳并宿，梧桐枝隐鹤双栖。
莺俦燕侣灵魂约，鸟语花香烟景迷。

注：

莺俦燕侣，以莺、燕之成双作对比喻情侣或夫妇。明代徐复祚《红梨记·诗要》中有"喜春风得意正在今朝，岂可为莺俦燕侣三春约……"

诗情画意

熟梅乳鸭柳垂阴，展眼枇杷一树金。
峭壁雾遮烟窈窕，诗情画意醉吾心。

海岛夜色

疏蝉响涩林逾静，泉水叮咚翠竹茵。
孤峤蟠烟仙气动，层涛蜕月水光粼。

注：

尾联化用了宋代王沂孙的名句："孤峤蟠烟，层涛蜕月，骊宫夜采铅水。"

孤峤，指传说中龙所蟠伏的海洋中大块的礁石。

蟠烟：就像龙身上罩护的云气。蟠：屈曲，环绕，盘伏的意思。

耿黄昏（新韵）

叠嶂远山横翠霭，细云新月耿黄昏。
翠崖丹谷入归鸟，醉袖迎风梦幻真。

注：

首联化用自陆游《题接待院壁》中的"叠叠远山横翠霭，娟娟新月耿黄昏"。

麦落轻花

鸳鸯碧水莲舟路，杨柳回塘玉笛声。
麦落轻花荷叶小，红稀绿涨恋春醒。

注：

首联化用了宋贺铸《踏莎行七首·其四·芳心苦》中的"杨柳回塘，
鸳鸯别浦，绿萍涨断莲舟路"。

春醒，春醉的意思。古有："爱吟饶冷趣，拌醉恋春醒"这样的美句。

麦落轻花，语出杜甫《为农》。原句："圆荷浮小叶，细麦落轻花。"

夏景（新韵）

黄昏夕照燕莺戏，暖律潜催卉木荣。
蓄雾藏烟幽谷暗，捎云蔽景露华浓。

注：

宋柳永《黄莺儿》中有："暖律潜催，幽谷暄和……"

唐代李绅《寒松赋》中有："倚层峦则捎云蔽景，据幽涧则蓄雾藏烟。"

荷点塘

软草平莎新雨后，云闲天淡鹭鸶翔。
高槐叶长阴初合，弱柳扶风荷点塘。

注：

首句化用自北宋苏轼《溪沙·软草平莎过雨新》中句："软草平莎
过雨新。"

高槐叶长阴初合，语出陆游的名句"高槐叶长阴初合，清润雨馀天。"

画意浓诗情

幽栖孤鹤禅心定，自在娇莺梦幻工。
近水楼台烟霭里，遥山羞黛有无中。

六月天，孩儿面

隔窗紫雾呈仙气，卷幔悬泉奏合声。
带雨云埋远山色，雷鸣屯闪鬼神惊。

仙居

隐庐犬吠祥光照，翠谷泉鸣瑞霭泠。
袅袅垂杨迷远道，幽幽曲径接长亭。

夏晨

远空雨歇千山绿，平野烟收百鸟鸣。
日上花梢蜂蝶舞，莺穿柳带碧波莹。

注：

柳永《玉蝴蝶·其五·重阳》中有："淡荡素商行暮，远空雨歇，
平野烟收。"《定风波慢》中有："日上花梢，莺穿柳带，犹压香
衾卧。"

夜色迷人

含烟月照千寻壁，带雨云埋一半山。
远望丛峰虚幻里，近瞻雾树有无间。

注：

辛弃疾《鹧鸪天·送人》"浮天水送无穷树，带雨云埋一半山。"

夏夜

风皱镜湖银汉迥，老鱼跳浪水波圆。
风摇翠竹声入耳，月点湖心湖似天。

孤帆远影

杨柳汀洲乌鹊叫，芰荷浦溆鹭鸶闲。
孤帆远影随风去，渐入苍茫杳霭间。

注：

芰荷浦溆，杨柳汀洲，语出柳永《早梅芳慢》："芰荷浦溆，杨柳汀洲，映虹桥倒影，兰舟飞棹。"

乌鹊，指喜鹊。古以鹊噪而行人至，因常以乌鹊预示远人将归。

夏日幽谷（新韵）

霏雾弄晴幽谷喧，绿槐高柳咽新蝉。
冲波逆转声填谷，拍岸急流白浪翻。

注：

首句可用邻韵。

明代徐渭《星渚篇》："条风布暖，霏雾弄晴，池台遍满春色。"

苏轼《阮郎归·初夏》："绿槐高柳咽新蝉，薰风初入弦。"

初夏醉景（新韵）

谷中呖呖莺声翠，波底依依柳色鲜。
远望丛峰虚幻里，近瞻雾树有无间。

注：

武则天《赐姚崇》："依依柳色变，处处春风起。"

游趣（新韵）

一江碧水照晴岚，万里云山杳霭间。
岩溜喷空晴却雨，林萝蔽日夏还寒。

竹月生凉（新韵）

低垂夜幕群山黯，竹月生凉卉木荣。
潭影涵星水天相，峡云无迹任西东。

注：

峡云无迹任西东，语出晏殊《寓意》中句："油壁香车不再逢，峡云无迹任西东。"

如幻之境（新韵）

鹿眠山草燕戏水，雾锁翠屏鸳恋巢。
山老林幽人罕至，青苔古树刺天高。

夏夜弄情

清气远山横翠霭，细云新月耿黄昏。
烟含兰芷琴三弄，月对芙蓉酒一樽。

注：

《说苑·杂言》中有："与善人居，如入兰芷之室，久而不闻其香，则与之化矣。"

夏日黄昏（新韵）

池上绿荷红菡萏，镜中娇貌醉黄昏。
烟含兰芷琴三弄，日照楼台笼五云。

注：

五云：这里指五色瑞云，多作吉祥的征兆。

酣梦

杨柳阴垂斜径暗，古槐叶隐鸟玲珑。
风摇窗竹睡床上，声入野泉酣梦中。

醉游（通韵）

松风明月景留客，竹傍石阶萝拂衣。
醉漾轻舟信流去，云烟低护自呈诗。

注：
宋代秦观《点绛唇·桃源》中有："醉漾轻舟，信流引到花深处"。

夏游侧记

烟雨空濛遮望眼，黄鹂巧啭度高枝。
数峰藏寺钟声远，横管裂云帆去迟。

新雨后（新韵）

绿萍正涨柳丝青，静谧碧湖波未兴。
草软莎平新雨后，风微花颤寂无声。

夏景迷人（通韵）

鸳鸯戏水韵无尽，语燕携雏闲有情。
水阔天高风景丽，烟微日落韵无穷。

日出（新韵）

古树探枝迎旭日，云霞抹彩映红天。
群峰耸立青葱色，峡谷幽冥杏霭间。

夏韵

乳鸭熟梅高柳阴，枇杷园内已呈金。
露华斜坠浓诗意，度影晴云暗片林。

注：
宋代戴复古《初夏游张园》中有："乳鸭池塘水浅深，熟梅天气半阴晴。"

三峡奇观

目断丛峰碧雾连，江流九曲翠屏延。
鹤鸣峡谷林幽静，鹰击长空霞映天。

夏晨

一

远山如黛遥山隐，近卉溢芳蝉蜕金。
旭日初升光彩异，乾坤大美醉吾心。

二

绿柳高槐聒耳蝉，荷花初绽石榴燃。
熏风细雨滋群物，敛翠浮红笼淡烟。

醉美杜鹃

杜鹃千树美朝雾，澄水半江涵晚霞。
花海柳烟诗思足，湖光山色静年华。

燕飞荷舞

烟雾迷蒙渺弥幻，远山隐现有无中。
双飞燕子秀情爱，菡萏娉婷舞晓风。

新月挂枝头

天净晚凉银汉耿，一弯新月挂枝头。
泉回浅石鸣新曲，径转垂藤向谷幽。

湖光山色

荷雨湿衣蘋气清，鹊声喧晓合歌声。
湖光倒映水天相，山色空蒙诗意盈。

注：
元末明初郭钰《八月二十四日》中有："鹊声喧晓庭，扫门独延伫。"

晨声

深树流莺弄晨曲，野村犬吠伴歌声。
平芜杳杳绿无际，细雨濛濛梦幻盈。

注：

宋代寇准《江上》中有句："古岸萧萧闻去雁，平芜杳杳更斜晖。"

雨前雨后

烟藏荷叶绽诗思，雾锁林梢美画屏。
远岫出云天渐暗，细风吹雨谷幽冥。

夏趣

高柳绿槐蝉噪多，芙蓉玉立百灵歌。
雨晴烟晚山空静，峰瘦林幽倒映河。

仙境

谷中呖呖莺声翠，云外岚峰半入天。
眺迥青青山敛雾，回看澹澹水生烟。

注：

云外岚峰半入天，语出清代玄烨《由广泉寺至卧佛寺》："岩边青
竹低临水，云外岚峰半入天。"

鸥闲鹭困

荷风竹露滴清韵，斜倚阑干乘夜凉。
景美心怡诗思动，鸥闲鹭困柳丝飏。

诗情画意

荷风蘋雨夏蝉声，山色湖光醒宿醒。
古寺钟声时绕耳，诗情画意望中生。

春正远

霭湿雾霏春正远，日曛风暖夏初功。
莺声渐老色空里，一抹寒青无有中。

注：

宋寇准《踏莎行·春暮》中有："春色将阑，莺声渐老，红英落尽青梅小。"

晨景（新韵）

远观玉带飘幽涧，入看白云似有无。
树带晨辉露华重，江涵鹤影景观殊。

亦幻亦真

幽岫涵云峰蔽日，深溪蓄翠竞峥嵘。

依依好梦晨晖里，亦幻亦真闻早莺。

五

律

五夏夜弄笛（新韵）

山深幽谷静，树古远俗尘。
潭静情疑古，鸟啼方悟今。
绿浓丝柳细，池碧小荷新。
赏景光浮野，弄笛声裂云。

注:

清喻成龙《暮春登铜陵天王山》中有："山静情疑古，松声冷欲秋。"

风情画意

竹露滴声脆，荷风清裹香。
晨辉洒幽谷，绿润泛崇光。
楚楚动人女，依依俊俏郎。
风情浓酒兴，画意荡诗肠。

夏趣

蝉噪密林静，泉鸣曲调幽。

老鱼嬉碧水，鸥鹭弄汀州。

人与自然共，兴随风物悠。

诗情荡心海，画意笔端收。

竹露荷风

凭阑观秀色，开阁纳晨凉。
竹露滴声翠，荷风清裹香。
鸟啼卖色美，花湿韵娇昂。
画意屏中现，诗情胸内张。

醉夏

一

林老树苔厚，峰高鹰见愁。
蝉鸣谷愈静，鸟啭涧添幽。
野鹤溪边立，清泉石上流。
情随诗意动，心伴物华悠。

二（新韵）

田野禾苗壮，径边芳草薰。
灵山多秀色，空水共氤氲。
万物呈佳貌，百禽合妙音。
安心享当下，不二古同今。

夜景迷人（通韵）

湖光映新月，风静水天合。
夜色酿鹤梦，琴声临画阁。
柔风皱池水，坠露打团荷。
自在生涯路，悠闲男女歌。

仙景（新韵）

林老谷幽静，树苍枝叶繁。
流云嘘陡壁，瀑布泛白烟。
石怪钟神秀，峰奇半入天。
景仙人自醉，挥笔赋诗篇。

醉景饱诗肠

峰险惊心动，岩巉松臂苍。
蝉鸣尘世外，蝶梦水云乡。
幽谷雾遮寺，隐庐蝶过墙。
地偏人罕至，景醉饱诗肠。

注：
颔联化用自南宋张孝祥《水调歌头·其三·泛湘江》。

舟上风景

峰隐上弦月，云埋一半山。
静心泉洗耳，虚枕鸟间关。
舟泛碧波里，梦飞虚幻间。
柳斜栖鸟啭，风起雨斑斑。

注：

辛弃疾《鹧鸪天·其四·送人》中有："浮天水送无穷树，带雨云埋一半山。"

绝

夏日情怀

蝉噪密林静，泉鸣曲调幽。
吟情付湘水，心事许沙鸥。

醉景（新韵）

芍药含烟绽，海棠堆雪开。
晚风驱醉意，丝柳惹情怀。

畅饮

峰升晨起月，莲拂未眠鸥。
酒尽情还荡，癫狂不见休。

取静

侧卧邀月影，梦乡溪水声。
偷闲弄禅悟，取静忘归程。

晨吟（通韵）

林深幽谷静，树古远俗尘。
晨照光弄色，鸣泉声洗心。

夏景

五月麦风热，桑蚕作茧忙。
野鸦偎嫩草，乳燕背斜阳。

夏夜

天热夏蝉稠，鸟鸣山更幽。
抚琴悬阁内，月上柳梢头。

静添幽

烟波荡江海，鸥鹭宿汀州。
蝉噪林逾静，泉鸣谷更幽。

注：
尾联引用了南梁王籍《入若邪溪诗》中的名句。

夏游

餐霞乐山水，饮露伴沙鸥。
乳燕傍莲幕，菱歌梦里悠。

梦里梦外（新韵）

雨霁山光润，云开野色新。
熏风潜入梦，桐叶最佳音。

注：

雨霁山光润，语出元代爱山《小桃红·消遣》。

桐叶最佳音，语出宋曾几《苏秀道中自七月二十五日夜大雨三日秋苗以苏喜而有作》。原句是："千里稻花应秀色，五更桐叶最佳音。"

镜相

鸟啭清溪底，鱼翔晴碧中。
频惊神造化，常骇意虚空。

暮色（新韵）

重山叠翡翠，溪碧淌琼浆。
波皱倒影碎，风微暮色苍。

夏景迷人

蝉鸣尘世外，蝶梦水云乡。
石径有幽色，莲塘蜂蝶忙。

山寺（新韵）

谷静云遮寺，山空绿锁窗。
风来香暗递，碑古藓苔苍。

雨夜佳景

夜雨渚翘鹭，江平渔火明。
芭蕉心叶嫩，舒卷有馀情。

注：

翘鹭，欲飞之鹭。语出古名句："浪猛惊翘鹭，烟昏叫断鸿"。

舒卷有馀情，语出李清照《添字丑奴儿·窗前谁种芭蕉树》。

晨（通韵）

夜移衡汉落，晓渡水山明。
鸟语赛仙曲，晨光胜画屏。

注：

衡汉，一指北斗和天河。二泛指天宇、天上。

夜移衡汉落，语出南北朝鲍照《玩月城西门廨中》。

夏夜

一

月华川上动，天际缈无穷。
鸟啭若梦里，青山诗意中。

二

高树晴天雨，平沙月洒霜。
心随物华动，情伴夏花芳。

夜景（新韵）

竹动闲窗寂，蛙鸣树鸟惊。

平畴青未了，水洗碧天澄。

夏日秀色

田野禾苗壮，陌阡芳草薰。

灵山多秀色，空水共氤氲。

雨前

举头云锦重，低首涌泉清。
末雨风先到，天昏兽鸟惊。

蜂抱蝶追

碧天雨后净，流水绕亭潺。
蜂抱花须碌，蝶追情侣闲。

注：

尾联化用了唐代韩偓《残春旅舍》中"树头蜂抱花须落，池面鱼吹柳絮行"的意境。

落日江景

残阳铺水中，映日半江红。
瑟瑟金辉闪，依依丝柳融。

雨霁

峭壑悬泉坠，陡崖松臂伸。
江空涵雨霁，嶂叠带云新。

秋

秋韵秋情

三生醉梦意悠悠，雨映寒空风满楼。
茧栗梢头弄佳句，金英槛外展风流。
枫红林醉潇湘静，松翠岩虚野水秋。
触景感怀诗意足，托情咏物梦魂游。

注：

三生醉梦，语出元代卢挚《蟾宫曲·扬州汪右丞席上即事》："几
许年华，三生醉梦，六月凉秋。"

茧栗，指植物的幼芽或蓓蕾。

金英，指菊花。

醉秋

秋入云山如梦幻，栌黄枫艳醉朝霞。
幽岩点菊呈仙境，野岸行舟溅水花。
鲁地霜天红赤县，秦城夕照美中华。
挥毫赋就吾狂语，落笔成诗尔叹嗟。

醉游三峡

长江九曲连天际，向海渺弥无复还。
唱晚孤舟依落日，归巢群鸟隐秋烟。
好风美酒意难尽，新月玄窗照未眠。
流霭轻云情幻化，诗肠索句美如仙。

九寨沟奇遇（新韵）

披苔古树入重霄，山老峰幽景色娇。
波碧渊深钟造化，云苍林染领风骚。
时闻翠鸟啁啾叫，常见画师临境描。
枯朽腐渣形未辨，嫩苗侧畔又拔高。

仲秋景色

烟渚云帆画卷融，轻舟击浪入虚空。

林寒有叶秋将暮，水净无风树失葱。

鸥鹭翩然上晴碧，跳鱼拔剌闹龙宫。

孰言秋景苍凉象，我说秋情梦幻中。

注：

首联与颔联从白居易《泛太湖书事，寄微之》中的名句化用而来。

烟渚，雾气笼罩的洲渚。

拔剌，象声词。鸟飞鱼跃声。唐代岑参《至大梁却寄匡城主人》中有：
"仲秋萧条景，拔剌飞鹅鸹。"

秋游（新韵）

花瘦露浓秋已深，栌黄枫艳醉山林。
重山古寺寒蛩叫，幽谷鸣泉熟调吟。
征雁南飞循旧迹，秋丹零落示归心。
长河落日红天际，物我合一忘古今。

秋韵（新韵）

野岸晨光沐征雁，平湖寒影倒青山。
近观实在物皆宝，眺迥虚空天际连。
桨荡澄波情趣美，莺梳霞羽画屏闲。
秋风瑟瑟层林醉，万木萧萧诗意澜。

晨景（新韵）

寻径拨云观险处，倚石览景物华殊。

峰结霜雪谷失翠，叶谢荣条岫变孤。

山色有无惊少俊，湖光幻化慑狂夫。

悦心大美飘然醉，澎湃激情若日初。

注：

岫变孤，山显得清瘦孤独的意思。

醉秋

霜饱花腴秋叶红，心怀万古沐金风。
凌霄振翅怀寥廓，俯仰鹏程翔宇中。
地迥天蓝九州丽，流长源远古今通。
诗情画意胸间荡，笔落龙行醉醉翁。

注：

宋代周文英《霜花腴·重阳前一日泛石湖》中有："翠微路窄，醉晚风、凭谁为整欹冠。霜饱花腴……"

赏秋

菊绽花黄桂蕊香，枯荷叶底鹭鸶藏。

烟波澹荡摇空碧，野鸭归飞带夕阳。

云影秋容醉明月，水光晚色静心房。

西楼月下犹慵去，天澹云闲雁几行。

注：

枯荷叶底鹭鸶藏，引自元贯云石《小梁州》。

颔联由白居易的名句"烟波澹荡摇空碧，楼殿参差倚夕阳"和宋代吴文英的名句"池上红衣伴倚阑，栖鸦常带夕阳还"化用而来。

赏秋

闲云潭影日悠悠，独坐闲亭赏素秋。
林木萧森谷宁静，山泉幽咽水长流。
胡天归雁南飞尽，大漠长河奔不休。
满眼涵虚诗兴起，佳章好句笔端留。

注：

闲云潭影日悠悠，引自初唐王勃《滕王阁》。

秋夜

渔舟唱晚意悠悠，雁阵惊寒野水秋。
菊瘦星稀楚天碧，枫红谷暗剑峰幽。
胸襟开阔人无虑，内在丰盈我忘忧。
木落月明诗思足，波澄夜静好章留。

秋吟

这两首诗多有相同语句，但意境有所不同，此种情形古已有之。

一

木落风高鸟声碎，江空夜静画屏真。
斜鸿阵里秋声劲，明月波中野色新。
卧月忘机猴作客，餐霞饮露鹤为邻。
微吟低语愿难尽，画意诗情笔底伸。

注：

斜鸿阵里，语出宋蒋捷《贺新郎·其四》。
餐霞饮露，语出南宋赵良埈《凤凰谷》。

二（新韵）

泉响猿啼鸥鹭静，苍藤古木示黄昏。
斜鸿阵里秋声动，玉镜波中野景新。
饮露餐霞猴作客，忘机卧月鹤为邻。
酡颜醉语烟溪上，画意诗情贯古今。

醉秋

西风解带凭阑立，白鹭虚船眼底收。
露洗银盘剑峰峻，霜雕枫叶九州幽。
星星洒落水天色，明月生凉栖鸟啾。
举目涵虚诗兴起，醉酣舞墨弄风流。

注：

风解带，语出清代沈曾植的名句"潭影窥人，林风解带……"
辛弃疾《鹧鸪天·黄沙道中》中有："轻鸥自趁虚船去，荒犬还迎野妇回。"

晨吟（新韵）

黏霜缀冻五更寒，一夜玄霜坠碧天。
风送菊香透窗过，月移树影上阑干。
晨曦渐显星将尽，曙色连波夜已阑。
千里清秋千里景，江流大野雁鸣山。

秋韵（新韵）

红染平林霜露重，山光浮翠惹人亲。
烟生大野天方午，雨映寒空昼已昏。
峰色镜中秋荡荡，水波眼里夜沉沉。
征鸿别燕西风劲，冷气愁秦楚地温。

秋韵（新韵）

幽谷虚声隔树响，野竹翠色落波深。
丹崖红叶回峰影，枯草疏林过鹿群。
潭镜涵星水天色，岚光浮翠醉吾心。
江空岁晚倚阑望，醉袖迎风梦幻真。

秋色迷人（新韵）

天涵水气水浮天，晴碧遥接万仞山。
远望丛峰虚幻里，近瞻雾树有无间。
悠悠古寺炊烟起，澹澹长河落日圆。
雁影帆形共秋色，忘情忘我享时年。

注：

澹澹，荡漾、恬静、广漠貌。

所谓挤韵，其实是从音律效果上讲的。由于首联首句的重读音落在了"水"字上，故"天涵"二字的撞韵之伤并不大。而颈联首句的重读音在"古"字和"起"字上，故"烟"字的撞韵之伤也不突出。此种现象古已有之。

桂林山水佳天下

轻云漠漠丛峰秀，旭日融融众壑深。
秀色可餐惊俗目，山光胜画洗尘心。
朦胧禅意坠红舞，浩淼烟波落照侵。
忙里偷闲消岁月，诗词国里典章寻。

咏秋

举目流霞共湖海，回瞻落日照层峦。
千山入静秋将老，万籁通灵夜向阑。
风送菊香滋肺腑，月移树影上栏干。
诗情画意胸中起，醉袖迎风气若兰。

注：

王安石《夜直》中有"春色恼人眠不得，月移花影上栏干。"

秋情（新韵）

长河奔涌渺无际，向海涛涛不复还。
瀑挂画屏声振宇，谷流岚霭景妆山。
层霄坠露修竹翠，晴碧飞霜枫叶丹。
痴看征鸿天上摆，未知白鹭戏跟前。

秋夜吟（新韵）

泉响猿啼鸥鹭静，苍藤古木示黄昏。
斜鸿阵里秋声动，玉镜波中野景新。
饮露餐霞猴作客，忘机卧月鹤为邻。
微吟低语烟溪上，索句寻章话古今。

秋夜（新韵）

翦翦轻风送嫩寒，花移月影上阑干。

千山坠露修竹翠，万里飞霜枫叶丹。

远望丛峰虚幻里，近瞻雾树有无间。

诗情画意胸中起，醉袖迎风人忘眠。

注：

首联化用了王安石的名句："金炉香烬漏声残，翦翦轻风阵阵寒。"

秋吟

翦翦轻风送嫩寒，露华斜坠鸟间关。

金河月冷碧空静，紫塞门孤雁影还。

千里清秋千里景，无穷碧汉九重颜。

枫红菊淡霜天阔，秋色连波烟艇闲。

注:

颔联化用了清代朱彝尊《长亭怨慢·雁》中句："紫塞门孤，金河月冷"句。

紫塞：指长城，也可泛指北方塞外。

金河：指秋空映河。金河月冷，乃秋色映河，冷月悬空之意。

七

绝

咏秋（新韵）

千里清秋秋意浓，断鸿声里望秋隆。
遥岑远日秋无际，碧水绵延秋韵重。

注：

宋柳永《曲玉管》中有："一望关河萧索，千里清秋，忍凝眸？
望秋隆，望秋的兴盛、兴隆貌。"

秋韵

亭外青山冷逾秋，谷中岚霭晚来收。
层林尽染浑如醉，鸿雁咿呀碧水幽。

注：

浑如：非常像，酷似。
幽，形容地方很僻静又光线暗。

秋景

霜林叶落峰添瘦，野菊身边溢旧芳。
解带西风沐秋景，松伸巨臂托娇阳。

注：

欧阳修有句"解带西风飘画角，倚栏斜日照青松。"

楚山秋雨

谷幽菊瘦霜天冷，雁远枫红野水秋。
暮雨掩空风渐紧，楚山云涨楚江流。

注：

尾联末句化用自南宋吴潜《满江红·其四·豫章滕王阁》中句："正槛外、楚山云涨，楚江涛作。"

霜叶辞林

空翠烟霏襟袖冷，风鸣岸叶伴闲舟。
岩阴暝色归云悄，霜叶辞林心不秋。

注：

苏轼《八声甘州·寄参寥子》中有："记取西湖西畔，正春山好处，空翠烟霏。"

明王恭《拟卢允言晚次鄂州》中有："风鸣岸叶潮初落，月到船窗客未眠。"

宋贺铸《御街行·别东山》中有："岩阴暝色归云悄。恨易失、千金笑。更逢何物可忘忧，为谢江南芳草。"

深秋写实

霜被枫林秋渐深，红衣落尽气萧森。
峰衔落日溪桥冷，古木苍藤说古今。

注：

首联从中唐羊士谔《郡中即事三首·其一》中"红衣落尽暗香残，叶上秋光白露寒。"化用而出。

醉秋

轻烟漠漠一峰峻，夕照融融众壑深。
木落风高诗意足，江空夜静醉吾心。

秋韵（新韵）

身边栌叶娇黄吐，近岭红枫色染林。
千里飞霜诗兴起，数声惊雁度寒云。

雨后秋景（新韵）

斜阳寒草深秋日，苔翠盈铺雨后林。
风递幽香诗意起，禽窥素艳画屏真。

注：

首句化用自清曹雪芹《咏白海棠》中句："斜阳寒草带重门，苔翠盈铺雨后盆。"

禽窥素艳，语出唐末至五代齐己《早梅》中句："风递幽香出，禽窥素艳来。"

秋景一瞥

寒鸦老树飞鸿过，红叶黄栌映菊花。
碧水淡烟秋满目，闲云落日共流霞。

晨景

野岸晓光明宿鸭，平湖寒影倒山城。
水光瑟瑟金辉闪，一抹殷红天际生。

雨后

寒更雨歇空阶滴，湖镜澄明倒映城。
秋菊盈园蝉匿迹，露凄气澈雁余声。

注：
首句从清纳兰性德的名句"滴空阶，寒更雨歇……"化用而来。

秋景

遥岑远目秋无际，落日余辉和雁声。
隐隐层霄锁幽谷，弥弥浅浪月华明。

烟迷秋色

野岸晓光明宿鹭，平湖寒影意空濛。
烟迷秋色菊花艳，果挂枝头柿欲红。

注：

首联从元程钜夫《送尹生归江西》中的诗句"野岸晓光千棹急，平湖寒影数峰欹"化用而来。

秋意融融

宿霭迷空云笼日，幽岩菊点意融融。
波澄秋老层林染，霜重烟寒山果丰。

注：

宋秦观《沁园春》里有："宿霭迷空，腻云笼日，昼景渐长。"

空谷幽兰

千里飞霜叶初下，层林欲染远山长。
川光带晚虹垂雨，空谷凌烟风递香。

注：

明谢榛《送顾汝修归上海》中有："千里飞霜叶下初，知君回首忆鲈鱼。"

尾联化用自金·刘仲尹《鹧鸪天·其三》。原句："川光带晚虹垂雨，树影涵秋鹊唤风。"

孟秋夜（新韵）

绿萍开闭垂杨裦，静谧秋池波欲兴。
鸥宿汀州闲有意，莺啼霜月梦初惊。

秋景

菊绽金英桂蕊香，枯荷叶底鹭鸶藏。
云高天阔闲阶静，风叶鸣廊秋意凉。

注：

枯荷叶底鹭鸶藏，语出元代贯云石《小梁州·秋》"芙蓉映水菊花黄，满目秋光。枯荷叶底鹭鸶藏……"

风叶鸣廊，语出北宋释德洪《秋日还庐山故人书因以为寄》"风叶鸣廊夜色晴，隔云微月稍分明。"

秋韵

落木萧萧秋韵重，枝头山果间青黄。
雪裁纤蕊篱边颤，金粟初开晓带霜。

秋夕

独立苍台赏菊枫，菊黄枫醉景溶溶。
楚天晴碧周山暗，万籁有声秋韵浓。

秋色迷人

烟迷秋色菊添艳，果挂枝头柿欲红。

宿霭迷空云笼日，幽岩点菊画屏融。

溪头月冷（新韵）

溪头月冷北枝瘦，一夜玄霜卉木稀。

万点乱红烟水远，江涵秋影雁声低。

注：

溪头月冷，语出南宋吴文英《天香·其二·蜡梅》。

一夜玄霜，语出明唐寅《墨菊》："故园三径吐幽丛，一夜玄霜坠碧空。"

江涵秋影雁声低，从唐杜牧《九日齐安登高》"江涵秋影雁初飞"化用而来。

醉写金秋

三生醉梦意悠悠，雨映寒空风满楼。
萤栗梢头弄诗句，金英槛外展风流。

注：

三生醉梦，语出元代卢挚《蟾宫曲·扬州汪右丞席上即事》中的："几
许年华，三生醉梦，六月凉秋。"

萤栗梢头，出自宋代方岳《沁园春·和赵司户红药》"把酒问花，
萤栗梢头，春今几何"。

叶胜花

霜雕山谷草枯萎，色染枫栌叶胜花。
征雁南飞峰掩影，雾遮云绕景蒙纱。

秋夕

一

疏影横斜水清浅，远山如黛意苍茫。
霞飞日匿天将暗，风动金英递晚香。

二

画桥流水落红舞，浩淼烟波日夕曛。
月破黄昏栖鸟静，数声惊雁度寒云。

窗外

一江烟水照晴岚， 万里云山杳霭间。
白草黄沙鸿雁过， 云窗静掩醉翁眠。

注：

一江烟水照晴岚，语出元代张养浩《水仙子·咏江南》。原句："一
江烟水照晴岚，两岸人家接画檐，芰荷丛一段秋光淡。"

晚秋

胡天白雁南飞尽， 大漠黄河奔不休。
露洗长空剑峰冷， 霜雕枫叶九州悠。

注：

胡天白雁南飞尽，引自明代徐祯卿《寄华玉》："胡天白雁南飞尽，
千里相思那得闻。"

露洗长空，语出明胡应麟《夏日三衢水亭作》"新秋玉露洗长空，
冰镜孤悬映绮枕"。

雁阵惊寒

枫红林醉潇湘静，雁阵惊寒野水秋。
潭影闲云眼前过，佳章词赋笔端流。

秋夜

绿苔老树共明月，红叶黄栌映菊花。
银汉无波风动影，闲云潭影夜空华。

醉三峡

一

一江秋水映晴岚，对壁巉岩挤碧天。
神女行踪寻不见，峰回流转峡生烟。

二

远观玉带飘幽谷，入看新莺啼晓晖。
崖陡峰高露华重，江涵雁影恋歌飞。

人闲山静

霜叶辞林人未觉，橘林霜重雁鸣秋。
人闲山静桂花落，月出莺惊涧水幽。

注：

宋秦观《秋兴九首·其九·拟白乐天》中有"不因霜叶辞林去，的
当山翁未觉秋。"

秋夜情

空翠湿衣萝径幽，亭台花树镜中留。
星星洒落水天色，明月生凉栖鸟啾。

注：

王维有名句——"山路原无雨，空翠湿人衣。"

醉金秋（新韵）

松风明月瀑流急，竹傍石阶萝拂衣。
雁叫长空峰掩影，秋肥花瘦叶多姿。

青山绝虑

贪看征雁略空过，又赏黄莺唤艳阳。
不屑营营乐山水，青山绝虑阔胸膛。

雁声雁影

凌波路冷秋无际，红叶霜天赏景时。

别浦征鸿声渐远，悬针垂露影参差。

注：

宋代周密《绣鸾凤花犯·赋水仙》中有"凌波路冷秋无际，香云随步起。"

悬针垂露影参差，化用了朱彝尊《长亭怨慢·雁》中"一绳云杪，看字字悬针垂露"的句意。

悬针垂露，是对雁队形象的绝妙形容。

秋色

征鸿点点残霞里，梧叶翩飞向晚秋。

千里云峰千里景，斜晖脉脉水悠悠。

注：

明刘基《菩萨蛮·越城晚眺》中有"征鸿何处起，点点残霞里。"

五

律

游记

一

月坠宿云微，天高雁影稀。
霜天染枫叶，秋韵弄晨晖。
远眺情丝动，回望幻化归。
胸中佳句荡，笔落好文飞。

二

竹影扫秋月，征鸿沐晚风。
水天成一色，今古共长空。
倒映雾岚罩，平铺梦幻融。
忘情无我在，景美醉诗翁。

注:

竹影扫秋月，引自盛唐李白《赠闾丘处士》。原句："竹影扫秋月，
荷衣落古池。"

游兴（新韵）

日暮苍山古，云轻楚水寒。
白帆笼淡雾，征雁略湖天。
一树感秋韵，千峰霜叶丹。
人迷无我在，挥笔就诗篇。

美景催诗思（新韵）

凝烟泛幽谷，晴碧远连云。
落日余辉洒，空枝冷日曛。
红枫醉鸳侣，古木伴竹君。
美景对樽酒，诗成吾醉心。

注：

晴碧远连云，引自欧阳修《少年游》"栏干十二独凭春，晴碧远连云"。

竹君，对翠竹的拟人化称谓。清刘大观《秋夜书怀，得七言五十韵》中有"竹君寒瘦秋逾健，石丈崚嶒骨亦奇。"

诗思悠

岁穷枫叶醉，霜被物华秋。
日落红楼暗，山遥翠黛幽。
长飙落江树，明月照汀洲。
夜静情疑古，径闲诗思悠。

注:

颈联化用了南梁何逊《赠江长史别诗》中句："长飙落江树，秋月照沙溆。"

长飚，汉语词语，指大风，远风。

赏秋（新韵）

烟霞朝晚聚，岚霭北南流。
蝉噪林逾静，鸟鸣山更幽。
依阑观落日，傍水赏清秋。
人与自然共，合一无所求。

注：

烟霞朝晚聚，引自初唐卢照邻《赤谷安禅师塔》"烟霞朝晚聚，猿鸟岁时闻"。

颔联引用了南北朝王籍《入若邪溪诗》"蝉噪林逾静，鸟鸣山更幽。

五

绝

秋容（新韵）

风微云墨色，山静谷秋容。
烟雨催苔绿，霜枫弄叶红。

注：

烟雨莓苔绿，语出元末王冕《感竹吟》"拟以余音问伯夷，首阳烟雨莓苔绿"。

秋色入画

丛林流霭峰，秋色老梧桐。
入画虚无里，凌寒梦幻中。

孤帆入画

水光浮紫翠，山色染青红。
雁影霁飞处，孤帆入画中。

注：
首联从曾巩《甘露寺多景楼》中句："云乱水光浮紫翠，天含山气
入青红。"化用而来。

佛石卧霜

枫叶惹林醉，啼莺逗晚香。
征鸿鸣月夜，佛石卧秋霜。

注：
佛石卧秋霜引自李白《别储邕之剡中》。

山寺溪村

紫霞凝薄雾，金蕊泛崇光。

山寺向晚静，溪村花溢香。

注：

崇光：高贵华美的光泽。苏轼《海棠》中有："东风袅袅泛崇光，香雾空蒙月转廊。"

晚秋

以下两首诗，仅尾联末句不同，但却反映了赏景人消沉和浪漫的两种不同的情绪，读者可慢慢品味其中的韵味与区别。

一

残月和霜白，征鸿破晓飞。
老鱼闲逐浪，衰柳倦嘶晖。

注：

首句的句读重音落在"月"字上，故可化解"白"字韵脚的撞韵之伤。

残月和霜白，语出北宋柳永《归朝欢》。原句："沙汀宿雁破烟飞，溪桥残月和霜白。"

二

残月和霜白，征鸿破晓归。
老鱼闲逐浪，枫叶漫飘飞。

秋夜秋雨

雨矢击翠竹，严霜凋碧林。
菊残枫叶醉，桐落夜寒侵。

暮色迷人

江空涵碧汉，山远抹微云。
回望千峰秀，暮吟忘日曛。

注：

暮吟忘日曛，语出宋代曾巩《答葛蕴诗》："朝吟忘日昃，暮吟
忘日曛。"

秋晨

一

沙平白虹映，日旭醉诗翁。
人语西风里，霜华晨照中。

二

淡紫凝薄雾，金英凌雪霜。
驼峰衔旭日，秀竹翠长廊。

赏景醉秋（新韵）

雁遥声渐杳，鱼没影无踪。
鸟啭如梦里，青山诗意中。

秋夜雁声

流霭迷幽谷，凝云锁秀峰。
月孤光似泼，秋老雁声重。

注：
尾联化用了清胤禛《秋夕》中句："夜凉虫语细，秋老雁声骄。"

晨景秋色

云麓涵岚霭，红枫缀赤霞。
晓云倾国色，仙浪洗溪沙。

注:
首联化用了宋代吴英文的名句:"云麓半涵青海雾,岸枫遥映赤城霞"
中的意境。

岁岁秋色岁岁同

枫红坡似染，菊绽色如霜。
又见昨岁色，将留年后芳。

秋夜

秋菊郁金颤，孤芳色带霜。
月圆残叶落，天碧桂花香。

注：

郁金，指用郁金染出的黄色。

首联化用了白居易《重阳席上赋白菊》中句："满园花菊郁金黄，中有孤丛色似霜。"

雨后（新韵）

雨洗秋容静，霜凋枫叶丹。
征鸿临旷野，落日满岚山。

注：

雨洗山容静，引自南宋杨冠卿《夹江·其一》："雨洗山容静，江流塞水通。"

落日满岚山，化用了盛唐王维《归嵩山作》中的名句："荒城临古渡，落日满秋山。"

秋景秋声（新韵）

日暮碧空静，云微秋水寒。
征鸿鸣旷野，洲渚亘长天。

注:

洲渚亘长天，引自唐代王勃的名句："楼台临绝岸，洲渚亘长天。"

枫红菊绽

枫红坡似染，菊绽色如霜。
峰杳九天接，岩巉松臂苍。

秋晨

晨辉撒秋水，玉粉抹雕栏。
霜被物秋色，风飘荒野寒。

注：

尾联化用了李白《古风`其三十九》中句："霜被群物秋，风飘大荒寒。"

秋韵（新韵）

野水涵秋镜，江风搅暮涛。
峰奇山色秀，姿态借云娇。

注：

野水涵秋镜，语出清梁佩兰《灯》"星临野水涵秋镜，壁写茅斋上画图"。

江风搅暮涛，化自元贯云石《清江引》"江声搅暮涛"。

秋夕

碧水涵秋镜，蓝天衬晚霞。
鸟啼花影里，蝉噪柳枝家。

滴秋月（仄韵诗）

树下湖边歇，水中玉盘阙。
夜凉生露滋，垂珠滴秋月。

注：

阙，古代用作"缺"字。水中玉盘阙，指水中未圆之月。

垂珠滴秋月，语出李白《金陵城西楼月下吟》中句："白云映水摇空城，白露垂珠滴秋月。"

秋光夜色

霞消月若钩，山暗锁清秋。
河汉渐显现，苍穹无限幽。

秋夕（通韵）

微雨暮钟时，帆重鸟去迟。
风微老红落，叶暗乳鸦啼。

注：

首联化用了韦应物《赋得暮雨送李胄》中句："漠漠帆来重，冥冥鸟去迟"中的意境。

尾联从宋蒋子云《好事近》"叶暗乳鸦啼，风定老红犹落"化用而来。

微雨暮钟时，语出南宋朱熹《梵天观雨》

霜风裁叶

篱边晚艳开，迎面冷香来。
树树著秋色，霜风叫叫裁。

注：

唐王建野菊诗："晚艳出荒篱，冷香著秋水。"

暮秋

天寒百花杀，野菊独盈枝。
举目碧空迥，回瞻枫艳姿。

注：

杜甫《云安九日郑十八携酒陪诸公宴》中有："寒花开已尽，菊蕊
独盈枝。"

秋夜

秋月夜深看，征鸿鸣隔山。
林疏枫叶醉，峰秀太虚间。

注：

秋月夜深看，语出白居易《赠元稹》中句："春风日高睡，秋月夜深看。"

秋韵

鸥闲旭日窥，雁远白帆迟。
秋老山容瘦，天寒红叶辞。

注：

秋老山容瘦，语出清末民始释敬安《暮秋偕诸子登衡阳紫云峰》。
原句："秋老山容瘦，天寒木叶深。"

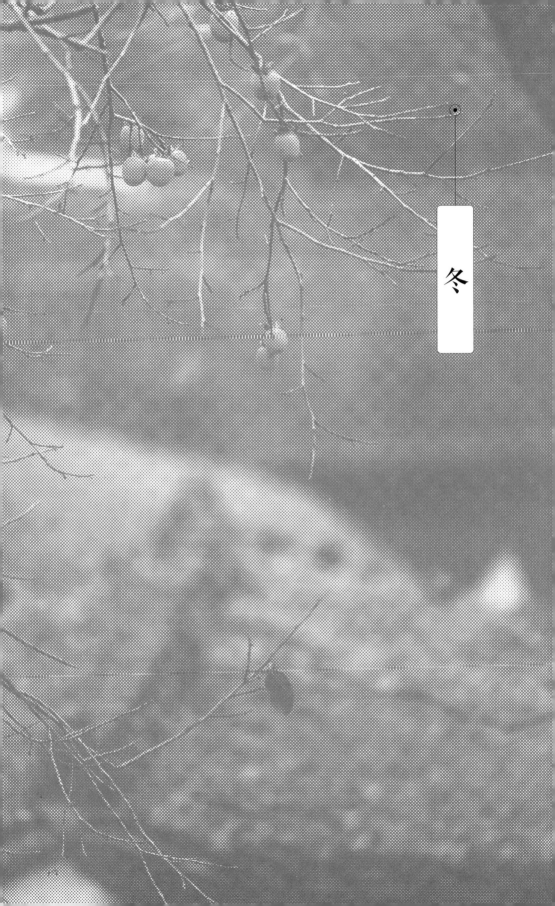

冬

七

律

咏雪（新韵）

冰为肌骨玉精神，洒洒扬扬陶醉人。
巧沁兰芽传爱意，偷黏竹甲示诗心。
暗香浮动夜飘碧，素艳晴留缘坠云。
露染风裁颜色靓，竹梅兰影溢温馨。

注：

冰为肌骨玉为神，引用自宋末元初方一夔《别梅二首·其二》中句：
"风韵清高不受尘，冰为肌骨玉为神。"

咏松

一

格高俗气难侵染，玉质云容千载隆。
松臂探空迎晓日，烟霞闲隐醉诗翁。
根深汲取龙泉液，枝展笑迎寒暑风。
冰雪交加无所惧，岁摧月蚀愈葱茏。

二（新韵）

峭壁山巅一翠松，为邻仙鹤傲苍穹。
龙须盘壁固根本，凤爪笼云探碧空。
冰雪交加无所惧，时年流转色葱茏。
格高尘事难侵染，品雅道深仙气溶。

雪中晨景（新韵）

霜风凛冽五更寒，一夜飞英坠碧天。
花舞疏梅风里傲，云吞千嶂画中欢。
苍茫赤县冰封地，咫尺天涯举步艰。
玉骨冰姿无限意，新诗旧句醉翁仙。

咏梅

冰姿玉骨自仙风，素面娇颜水映红。
唤日窥人情不尽，衔霜伴月韵无穷。
和烟入画虚无里，斗雪凌寒梦幻中。
照眼妍华洁胜雪，幽姿仙态醉诗翁。

七

绝

夜景（新韵）

瀑成素练星河美，太液澄虚月影宽，
诗句未成人已醉，梦魂摇曳物吾间。

注：

首联末句，语出元马致远《【双调】拨不断·九重天·二》中句："立峰恋，脱簪冠。夕阳倒影松阴乱，太液澄虚月影宽……"

梦魂摇曳物吾间，化用自宋代戴复古《黄岩舟中》中句："诗思浮沉樯影里，梦魂摇曳橹声中。"

咏梅

一（新韵）

独立闲亭赏冬景，寒梅傲放玉沙中。
冰雕寰宇梅添艳，香润心田诗意浓。

二（新韵）

星坠碧湖山吐玉，雪晴梅绽暗香播。
景仙人醉情丝动，笔落诗成对月酌。

腊梅

一

柳眼梅腮春欲动，晓寒料峭腊梅红。
冰雕玉树花娇嫩，润肺温心醉杀翁。

注：

柳眼梅腮，语出宋李清照《蝶恋花·其二·离情》中句："暖雨晴风初破冻，柳眼梅腮，已觉春心动。"

晓寒料峭，语出北宋毛滂《玉楼春·其四·己卯岁元日》中句："晓寒料峭尚欺人，春态苗条先到柳。"

二

素裹银装冰封地，一花独秀报春开。
雪沾琼缀态酣醉，风送暗香迎面来。

.

三

探梅踏雪狂诗意，千古风情眼底收。
醉里观花品高下，花中谁与竞风流。

四

柳愁未醒雪还飘，绽蕊苔枝寒里娇。
风约春红醉中舞，冰清玉洁格高标。

五

一抹明霞几缕红，和烟入画雪晴中。
凛然不惧严寒袭，萼点珠光醉杀翁。

注：

萼点珠光，语出南宋陈亮《咏梅·其四》中句："疏枝横玉瘦，小萼点珠光。"

岁寒三友

雪斗疏梅松竹翠，竹松滴翠雪敷梅。

岁寒三友雪中聚，诗意浓情笔下裁。

注：

首联化用了南宋辛弃疾《鹧鸪天·其六·黄沙道中》中句："松共竹，翠成堆，要擎残雪斗疏梅。"

初冬（新韵）

霜染草枯寒气清，碧天澄净夜空明。

彤云密布雪花坠，大地初冬水未冰。

雪夜

雪虐风饕人寂寂，银装素裹夜沉沉。
云低月冷寒穿骨，瀑固川封景撼心。

冬夕

冻云锁岭风吹谷，寒日西沉水浸霞。
平野孤村闻犬吠，冷烟寒树点栖鸦。

初雪（新韵）

一

沙平岸远晚霞明，水碧涵虚混太清。
云笼丛峰天坠雪，沙沙粒粒夜寒凝。

二（新韵）

彤云密布雪花坠，塞北初寒水未冰。
雪霁天蓝九州美，粉妆玉砌树晶莹。

小雪（新韵）

小雪未寒天却暖，幽窗明月对诗翁。
临窗侧卧人酣睡，虚枕梦乡泉弄声。

赏雪

白雪飘飘林素染，飞霙弄晚树琼妆。
侧身天地冷望眼，搔首风尘诗欲狂。

注：

飞霙弄晚，语出南宋吴文英《解语花·梅花》。

咏雪

起舞从风能上下，凭云升降任东西。
诗魂万点漫空洒，梅艳松欢玉鸟啼。

五

律

赏梅

红梅雪里燃，清极胜花仙。
瘦影写微月，疏枝横夕烟。
探幽喜杯酒，乘醉赋诗篇。
自在浑无际，逍遥不记年。

注：

瘦影写微月，疏枝横夕烟。引用自陆游《置酒梅花下作短歌》。

逍遥不记年，语出李白名句："群峭碧摩天，逍遥不记年。"

元旦抒怀（新韵）

银汉溢清寒，苍穹转玉盘。
天晴九州冻，山静百灵眠。
卧室气温好，娇妻睡梦甜。
凭窗观夜色，奋笔贺新年。

注：

银汉溢清寒，引自元赵孟頫《水调歌头》。

咏梅

独酌对樽酒，梅容美赛仙。
冰姿傲霜立，玉骨入冬坚。
月上梦思足，春归诗意燃。
胸中藏世界，落笔就佳篇。

冬日抒怀（新韵）

驼峰吐明月，霜雪霁寒宵。

天净繁星烁，山空夜色娇。

诗肠索旧句，快意写今朝。

逸气轩眉宇，豪情从未消。

注:

霜雪霁寒宵，语出杜甫名句："岁暮阴阳催短景，天涯霜雪霁寒宵。"

逸气轩眉宇，引自辛弃疾《贺新郎·其三·和徐斯远下第谢诸公载酒相访韵》。

五

绝

寒

晨风寒刺骨，晴雪晓凝沙。
冰厚春还远，红梅未著花。

雪花

疏林噪晚鸦，飞雪舞梨花。
密洒山川白，飘零尔叹嗟。

巡逻路上（新韵）

彤云吞晚照，紫塞朔风寒。
雪片漫空舞，巡逻举步艰。

注：

彤云，这里指雪前密布的浓云。

紫塞，北方边塞。

叹峥嵘

月冷霜花堕，天高云岫横。
凭阑观夜色，倚石叹峥嵘。

注：

月冷霜华堕，引自柳永《鹤冲天·闲窗漏永》中句："闲窗漏永，
月冷霜华堕。"

诗　化　人　生
宋宜东格律诗选◎著

诗

望月比兴

文匯出版社

图书在版编目（CIP）数据

诗化人生：宋宜东格律诗选. 望月比兴 / 宋宜东著
. -- 上海：文汇出版社, 2023.8
ISBN 978-7-5496-4095-9

Ⅰ.①诗… Ⅱ.①宋… Ⅲ.①格律诗－诗集－中国－
当代 Ⅳ.①I227.7

中国国家版本馆CIP数据核字(2023)第136756号

诗化人生
望月比兴

责任编辑 / 甘　棠
封面设计 / 陈瑞桢
照排设计 / 上海温龙图文设计制作有限公司

出版发行 / 文匯出版社
　　　　　上海市威海路755号（邮编：200041）
经　　销 / 全国新华书店
印刷装订 / 上海光扬印务有限公司
版　　次 / 2023年7月第1版
印　　次 / 2023年7月第1版第1次印刷
开　　本 / 720mm×1000mm　1/16
字　　数 / 215千
印　　张 / 14.75

ISBN 978-7-5496-4095-9
定价：180.00元（全三册）

目 录

七

律

携手

携手回廊闲度步，名园饮露比肩行。
幽林竹影月波暖，空谷春娇霜粉盈。
不尽水东恍若梦，时催人老寂无声。
年年岁岁花相约，岁岁年年总有情。

注：

不尽水东流，语出明祁衍曾《泰山顶观日歌》。

尾联化用了初唐刘希夷《相和歌辞·白头吟》中的"年年岁岁花相似，岁岁年年人不同"。

青梅竹马

轻雷柳外惊栖鸟，薄暮东风皱夏池。
两小无猜互嬉戏，未能羞涩但娇痴。
岁催人长情生异，境变时迁不对咨。
相视无言心悸动，几天不见暗相思。

注：

薄暮东风，语出北宋贺铸《上巳晚泊龟山作》。

未能羞涩但娇痴，引用了王国维《虞美人·弄梅骑竹嬉游日》。"弄梅骑竹嬉游日。门户初相识。未能羞涩但娇痴……"

初恋

云沉雨散凭阑望，庭院黄昏燕至时。
英落春阑青杏小，红稀叶翠俊男奇。
回眸凝睇扇遮面，低首飞红手掩姿。
偷掷芳心情不禁，眼波才动尔心知。

注：

眼波才动尔心知，化用自李清照《浣溪沙·其二·闺情》中句："眼波才动被人猜。"

古典新译（红杏出墙）

独捻青梅窥少俊，羞扶红杏出墙头。
帅骑白马晨辉里，偶遇仙姝情不收。
相顾心怡缘未叙，对望无语激情流。
靓仔英武美人爱，窈窕仙姝君子述。

圣洁的爱

——谨以此诗献给那位结婚五天，丈夫就战死沙场，而独守三十八年终生不再嫁人的军嫂，以示无尽的敬意！

一

霜冷离鸿悲失伴，萧疏忒煞我如斯。
一枝斑竹千斑泪，点点斑斑泪水滋。
远梦惊回情未尽，通宵枯坐鬓成丝。
久阴天气总有尽，此恨绵绵无绝期？

注：

霜冷离鸿惊失伴，语出清纳兰性德《临江仙·孤雁》。

一枝斑竹千斑泪，化用自伟人毛主席《答友人》。

远梦惊回，语出明张四维《喜迁莺》。

通宵枯坐鬓成丝，化用自清刘嗣绾《山花子·其一》。

二（新韵）

离愁填臆人憔悴，别绪萦怀愁锁眉。
竹径徘徊躯体冷，回廊度步内心悲。
娇妻独影念思你，孤月星霜眷恋谁？
冰雪尚存溶化日，吾心冰释以何媒？

别绪填胸（新韵）

一

稀疏秋柳蝉悲叹，落日沉昏愁睡眠。
别绪填胸心厌倦，孤鸿嘶吼意纷烦。
红颜支影心中冷，静夜霜星空外寒。
念尔尔行千里外，浓情蜜意与谁言？

二

茕茕孑立意徬徨，慊慊思君泪点裳。
寂寞楼台徒迟暮，风流尘土漫悲凉。
绿笺密记多情事，一看一回愁绪伤。
日落日升诗思远，天荒地老没情长。

注：
茕茕孑立：生活孤单无靠。茕茕，孤单的样子。孑：孤单。
慊慊：心不满足貌
绿笺密记多情事，引自元张翥《陌上花》
一看一回愁绪伤，化用自苏轼《沁园春》中的"一看一回和泪收"。

三（新韵）

鬓点轻霜思满纸，感红怨翠索春饶。

醉了又醒再求醉，醒后还酌枉自娇。

落絮引愁添寂寞，啼莺入梦惹风骚。

冰弦弄恨情难寄，路远山遥愿咋抛？

注：

感红怨翠，语出南宋吴文英《莺啼序·其三·荷和赵修全韵》。

醉了又醒再求醉，从宋赵长卿《西江月·雪江见红梅对酒》中的"醉了还醒又醉"化用而来。

四（新韵）

寒塘自碧夜垂幕，含恨含娇斜倚阑。

蝶恋花羞离恨苦，菊愁兰泣片云闲。

抛家舍我情谁寄，戍塞保国心自宽。

望断苍茫云海路，长风吹度玉门关。

浓情尽归私

寸断柔肠君可懂，如年度日奈何从？
常思梦里郎英俊，每每闺中侬懒慵。
夜永人恹新怨惹，梅酸酒苦旧情重。
戍边卫国职所系，忘我忘情情更浓。

幽思

稀疏秋柳蝉悲泣，落日沉昏枝叶残。
别绪填胸愁锁目，幽情恸臆怨伤肝。
孤身支影心中冷，静夜星霜空外寒。
念尔尔行千里外，岁来岁去几时安？

梅酸酒苦

今时月色昔时样，寸断柔肠忆旧逢。
秋色暮云连别绪，冷云荒翠共愁容。
常思梦里郎英俊，每每窗前诗思浓。
夜永人恹新怨惹，梅酸酒苦恋情重。

注：

冷云荒翠，语出南宋吴文英《解语花·其一·林钟羽梅花》。

嗔莺啭

来是空言去绝踪，为妻惆怅日何穷？

徐添酒晕珠帘丽，浅酌低吟玉颊红。

敛尽春山羞不语，望穿秋水入虚空。

相思无解嗔莺啭，幽恨难消泪若洪。

注：

来是空言去绝踪，引自唐李商隐《无题四首·其一》

浅酌低吟，语出柳永《玉蝴蝶·其五·重阳》。

敛尽春山羞不语，引自苏轼《蝶恋花》。

离愁

寒塘自碧夜垂幕，含恨含娇斜倚舷。
花替人愁愁不语，人随花泪泪流涟。
已悲节物同寒雁，忍委芳心与暮蝉。
无尽离愁江水诉，空馀别恨万千千。

注：

含恨含娇斜倚舷，化用自五代和凝《江城子·其二》中的"含恨含娇独自语"。

"已悲节物同寒雁，忍委芳心与暮蝉"引用了李商隐的名句。附原诗：

苦竹园南椒坞边，微香冉冉泪涓涓。
已悲节物同寒雁，忍委芳心与暮蝉。
细路独来当此夕，清尊相伴省他年。
紫云新苑移花处，不取霜栽近御筵。

远别（新韵）

窗外菊愁兰泣露，江头君去鹭惊飞。

林莺呖呖悬泉响，山溜泠泠落叶悲。

衰草冷烟秋寂寂，寒云斜日雾霏霏。

飘零心事雁难寄，雨点芭蕉泪水催。

注：

颔联化用自北宋吴激《春从天上来·会宁府遇老姬善鼓瑟自言梨园旧籍因感而赋此》中的"……似林莺呖呖，山溜泠泠"。

情未了

困酣娇态醒还醉，银汉云遮野水秋。

别绪绵绵心寂寂，相思缕缕恨悠悠。

飞花若梦逐波去，丝雨无边织作愁。

菊绽数番情未了，眉峰压翠面含羞。

注：

困酣娇态醒还醉，从苏轼《水龙吟·次韵章质夫杨花词》："萦损柔肠，困酣娇眼，欲开还闭"化用而来。

颈联从秦观《浣溪沙·其一·五首》："自在飞花轻似梦，无边丝雨细如愁，宝帘闲挂小银钩"化用而来。

幽情难解

脑海春花梦未醒，阶前梧叶已秋声。
醉魂无据书慵寄，诗思微吟侬有情。
露湿阑干人不觉，莺啼静谷夜寒生。
闺中幽恨相思意，月下离愁何日平？

月下离愁

镜前倩女莺思重，眼底玄窗惹旧情。
千里风波望难尽，万重山水寂无声。
仰观缺月幽思起，低首蹙眉心事萦。
密意消磨人易老，芳心破碎怨难平。

注：

莺思重，借用了宋代翁元龙《醉桃源·柳》中"莺思重，燕愁轻，如人离别情"的场景。

盼君还

夜静更阑人伫立，菊羞兰泣盼君还。
一帘幽梦愿无寄，双目含情风月闲。
欲动芳心娇乏力，仰观玉镜瘦腰弯。
千林落木愁吟句，万里飞霜别绪艰。

注：

颔联化用了秦观《八六子·倚危亭》："夜月一帘幽梦，春风十里柔情。"

尾联化用自宋末元初张炎《绮罗香·红叶》："万里飞霜，千林落木，寒艳不招春妒。"

倚阑无语（新韵）

春深日暖斜桥转，草软莎平鸥鹭宁。
潮落潮升春几度，雁来雁去不相逢。
人如乘客舟缺舵，身似浮云心若萍。
浩翰碧空悬玉镜，倚阑无语泪痕凝。

别曲尽归私

待月池台空逝水，片云斗暗雨催诗，
山遥水远别愁苦，月瘦霜清抱闷思。
今古芳情哪个省？暮朝别曲尽归私。
引觞满酌颓然醉，美酒任挥因尔痴。

注：

待月池台空逝水，引自李煜《浣溪沙·其二》："待月池台空逝水，荫花楼阁漫斜晖，登临不惜更沾衣"。

片云斗暗雨催诗，化用自南宋范成大《雨凉二首呈宗伟，其二》中的"片云催雨雨催诗"句。

别久情笃（新韵）

萍倾时雨珍珠撒，色奏景风杨柳合。

袅袅轻烟迷远道，盈盈步月向瑶阙。

翠禽声小悬泉响，诗意朦胧翠黛赊。

绿静夜深栖鸟寂，人闲情笃恨离别。

注:

色奏景风，语出东晋陶潜《五月旦作和戴主簿》："神萍写时雨，晨色奏景风"。

颔联末句化用自宋尹焕《霓裳中序第一·茉莉咏》："盈盈步月。悄似怜、轻去瑶阙"。瑶阙，传说中的仙宫。

翠黛赊，是远山长的意思。

离亭苦

多情常恨离亭苦，斗转更深抱闷思。
前事梦中情脉脉，绿窗春睡觉来迟。
梅腮柳眼春心动，暖雨晴风卉木滋。
疏影暗移吾未觉，层涛蜕月尔曾知。

注：

颈联从李清照《蝶恋花·暖雨晴风初破冻》："暖雨晴风初破冻，柳眼梅腮，已觉春心动"化用而来。

柳眼：早春初生之柳叶类似如人的睡眼初展，故称柳眼。

梅腮：梅花待放之苞，美如妇女之颊，故称梅腮。

层涛蜕月，语出宋末元初王沂孙《天香·龙涎香》："孤峤蟠烟，层涛蜕月，骊宫夜采铅水。"

盼重逢

身支影瘦貌憔悴，眉蹙魂疲人懒慵。
云里征鸿唱离曲，雾中荒翠共愁容。
梦回情绕意犹在，别久恨多怨更浓。
夜色催更霜上叶，痴心不改盼重逢。

注：

夜色催更，语出周邦彦《拜星月慢·高平秋思》："夜色催更，清
尘收露，小曲幽坊月暗。"

醉讽离骚

苔老崖阴藤蔓挂，腻云迷空雾遮楼。

孤鸿失队随云去，红叶飘零逐水流。

别久遥怜情未了，梦回不见恨难休。

拂筝泪洒参差雁，醉讽离骚不解愁。

注：

颈联化用了明初黄肃《寄刘绍 其二》："遥怜五载隔，不见一书传。"

拂筝泪洒参差雁，化用了苏轼《点绛唇·我辈情锺》："尽无言、闲品秦筝，泪满参差雁。"参差雁，指琴弦上象雁队排列着的琴柱。

"醉讽离骚不解愁"，语出明代边贡《午日观竞渡》："江亭暇日堪高会，醉讽离骚不解愁。"

讽：不看着书本念，背书，这里作自言自语讲。

离骚：这里指牢骚。

耿耿难眠（新韵）

落叶飘零菊堕泪，寒风摇树树愁容。
日思夜念怨无尽，朝盼昏期恨不穷。
紫陌红尘真爱在，朝花夕月恋情浓。
雁来无信侬无奈，耿耿难眠心事重。

注：

耿耿，这里作烦躁不安解释。先秦佚名《柏舟》中有"耿耿不寐，如有隐忧"。

援琴弄笛

慊慊思君意昏昧，茕茕独守泪沾裳。
援琴弄笛抒胸臆，浅唱低吟愁断肠。
星汉西流天欲晓，银盘划空夜将央。
牛郎织女情无尽，相爱难逢幽恨长。

盼归

往事思量一晌空，长条短叶翠濛濛。
不知君去何为限？徒遣颦眉虚望中。
花扫径香人语静，柳拖烟绿鸟啼红。
弦能解语怨难诉，曲可诉情情咋穷？

注:

首联化用了明代夏完淳《一剪梅·咏柳》中"往事思量一晌空，飞絮无情，依旧烟笼。长条短叶翠濛濛，才过西风，又过东风"的意境。

徒遣颦眉虚望中，化用自唐汪遵《铜雀台》："不知仙驾归何处，徒遣颦眉望汉宫。"

错爱（新韵）

闺房靓女春心动，窗外花枝笑未眠。

料峭春风清宿醉，呢喃燕语惹新烦。

爱君君与我心异，恨尔尔同她百年。

斗转星移无睡意，缠绵悱恻意难安。

注：

颔联化用了苏轼《定风波·莫听穿林打叶声》："料峭春风吹酒醒，
微冷，山头斜照却相迎。"

琴声（新韵）

轻拢慢弹声哽噎，重拨斜抹泪盈睫。

弦能解语情难诉，曲可舒怀思咋歇？

满腹俗情无可寄，一襟幽事不堪结。

声声滴血思无际，曲曲动心心若割。

注：

颈联化用了南宋周密《玉京秋·烟水阔》中"叹轻别。一襟幽事，砌蛩能说"的意境。

幽思（通韵）

飘零心事无为寄，早雁初莺无不知。
月影花移人未觉，容颜刀刻岁华疾。
成阴柳岸君何处，落尽梨花月又西。
天若有情天易老，绵绵此恨咋穷期。

注：

首联化用纳兰性德《青衫湿》中的"从教分付，绿窗红泪，早雁初莺"妙语。

颈联化用了纳兰性德《采桑子·而今才道当时错》："一别如斯，落尽梨花月又西"之意境。

天若有情天亦老，引自中唐李贺《金铜仙人辞汉歌》："天若有情天亦老，人间正道是沧桑。"

久别寄相思（排律）

顾盼留连春渐尽，鸣鸠乳燕乐无忧。

轻霏弄晚情丝动，浓霭浮香景惹愁。

绿涨红衰侬倚醉，风微翠合月含羞。

藏春宿雾隔江起，照眼落花随水流。

别梦绵绵人寂寂，相思缕缕恨悠悠。

注：

南宋袁去华《清平乐·其二》有："春愁错莫。风定花犹落。斗草踏青闲过却。乳燕鸣鸠自乐……"

吴文英《瑞龙吟·其三·德清清明竞渡》中有"澹阴送昼，轻霏弄晚"。

暗恋

一

独捻青梅窥少俊，眼波回盼面含羞。
琼蕤沁月花枝笑，瑶萼裁冰柳带柔。
春入眉心诗思动，云藏物相梦魂游。
颠狂柳絮随风去，轻薄桃花逐水流。
蜜意难传意难止，芳心未递爱无休。

二

蟾光鹊影瑶池景，银汉澄清环宇幽。
烟雾朦胧楼阁现，层岚隐没韵还留。
人间仙境人人爱，世上英才靓女逑。
芳意深藏心却动，眼波回盼面含羞。
眉峰压翠情难止，诗思沉浮愿咋休？

注：

蟾光鹊影，意指月亮之光、鹊桥之影。语出五代毛文锡《浣溪沙》：
"银河清浅白云微，蟾光鹊影伯劳飞。"

眉峰压翠，语出南宋陆淞《瑞鹤仙》："屏间麝煤冷，但眉峰压翠，
泪珠弹粉。"

七

绝

偶遇

一

柳柔湖碧淡烟笼，花映澄波翠鸟鸣。
亭内情郎传美意，舟中靓女笑盈盈。

二

景被情牵情趣易，景随心变景春秋。
眼波回盼意难尽，芳意深藏情不休。

三（新韵）

清溪石磴洒晖月，佳丽凉风弄曲琴。
信步芳园闲有意，诗思曲径遇知音。

痴迷

语隔秋烟人未见，采菱少女笑先闻。
阵风吹落花三瓣，坠露点醒衣薄君。

注：

首联从元代王恽《小桃红》："采菱人语隔秋烟，波静如横练"化用而来。

情侣

红杏梢头莺啭巧，花园侧畔暗香流。

绿杨影里仙姝立，婀娜多姿少俊述。

暗恋

一

幽窗疏雨孤芳对，爱意未传君咋知？
今古芳情哪个省？恼人春色惹愁思。

注：

恼人春色，语出秦观《风流子》。

二（新韵）

落絮残莺春已老，玉柔花醉自生怜。
心归谁处愁羞语，眉锁心疲似病恹。

注：

首联化用了五代末宋初欧阳炯《浣溪沙·其一》："落絮残莺半日天，玉柔花醉只思眠。"

别愁

遥山远水别愁苦，瘦月清霜抱闷思。
梅影暗移人未觉，片云斗暗雨催诗。

离亭苦

月皎惊鸿栖不定，波澄衰叶坠无时。

多情常恨离亭苦，斗转更深不自知。

注：

首联用化自晚唐崔涂《秋夕与友人话别》："冷禽栖不定，衰叶坠无时"。

离愁

欲凭鸿雁寄离愁，鸿雁咋承千缕柔？

离泪难收情不尽，难收离泪恨悠悠。

注：

首联化用自南宋范成大《南柯子·其二》："欲凭江水寄离愁，江已东流那肯更西流。"

丝雨细若愁

空翠烟霏襟袖冷，风鸣岸叶伴孤舟。

落红逐水窅然去，丝雨连绵细若愁。

注:

苏轼《八声甘州·寄参寥子》中有"……正春山好处，空翠烟霏"
之妙语。

伤春

黄莺啼夜梦破碎，明月别枝惊鹊飞。

琼脸泪流花影重，月圆时候望人归。

注：

晏几道《虞美人·其三》中有"长向月圆时候、望人归"。

娇羞

莺燕弄闲春雨细，澹阴送昼画屏幽。
娇依奇石低雪面，未语脸红人已羞。

春愁

一

新绿濛濛花色稠，依依烟柳傍兰舟。
困依斜卧风敲竹，春入眉心两点愁。

注：
白居易《春词》中有"低花树映小妆楼，春入眉心两点愁"。

二

燕侣弄闲霞彩溢，花儿含笑柳丝柔。
浓愁独报泪洗面，恨到归时方可休。

三

莺燕弄闲丝雨细，蝶蜂争急暖烟稠。
芭蕉欲展丁香结，同向春风侬独愁。

注：
李商隐有："芭蕉不展丁香结，同向春风各自愁。"

叹轻别

漠漠轻阴萝径暗，黄花零落可怜秋。

春山淡画叹轻别，征雁鸣空惹旧愁。

注：

韩愈《同水部张员外籍曲江春游寄白二十二舍人》中有"漠漠轻阴晚自开，青天白日映楼台"。

初恋（仄韵诗）

依约相逢花径漏，含情脉脉目光逗。

盈盈笑语暖心田，扑扑心跳如醉透。

注：

纳兰性德《鬓云松令》中有"约相逢，絮语黄昏后。"

情愁（仄韵诗）

狂歌似旧情难旧，金缕晓风愁永昼。

日上花梢莺别啭晨，春寒料峭叹诗瘦。

闺怨

愁春羞日懒施妆，垂泪花前暗断肠。
虽说客颜倾宋玉，缘何空老自芬芳？

注：

宋玉，战国时楚人，辞赋家。传说其人才高貌美，遂亦为美男子的
代称。

倾宋玉，使动用法，即使宋玉也为之倾倒的意思。

初恋

英落春阑青杏小，柳丝翠湿夕晖中。
扇裁月魄羞难掩，眉眼传情心念通。

注：

李商隐无题诗有"扇裁月魄羞难掩，车走雷声语未通"句。

伤春

萦损柔肠几欲断，困酣娇眼闭还睁。
潜离暗别伤心事，弹指花飞栖鸟惊。

注:

首句从苏轼《水龙吟·次韵章质夫杨花词》："萦损柔肠，困酣娇眼，欲开还闭"化用而来。

尾联从白居易《潜别离》："唯有潜离与暗别，彼此甘心无后期"化用而出。

情歌唱晚（新韵）

垂柳廊桥翠幕新，情歌泛夜觅知音。
连波秀色淡烟笼，隔岸佳人口咽津。

注：

苏轼《台头寺步月得人字》中有妙语"浥浥炉香初泛夜，离离花影欲摇春"。柳永词亦有此妙境。

芳心初动

对视未言心却动，几天不见暗相思。
幽窗疏雨孤芳对，爱意未传君可知？

失恋

满眼风情深有韵，墨泼诗思寄幽怀。
恋君君弃爱难止，独座孤思对月挨。

注：

李清照《浣溪沙·其二·闺情》中有"一面风情深有韵，半笺娇恨寄幽怀"。

一见钟情

偷掷芳情花间隔，花间笼雾暗痴心。

难逢好运情郎现，偶见钟情爱克金。

春思

一

波静柳黄春意闹，烟斜月淡夜寒轻。
黄鹂百啭幻如梦，倩女千寻心事萦。

二

三生醉梦意悠悠，水映碧空风满楼。
弹泪花前思不止，夕阴无赖似穷秋。

注：

元代卢挚《蟾宫曲·扬州汪右丞席上即事》中有"几许年华，三生醉梦，六月凉秋"句。

陆游《采桑子》中有"弹泪花前，愁入春风十四弦"之美句。

夕阴无赖似穷秋，化用了宋代秦观"晓阴无赖似穷秋"句。

无赖，无聊，无意趣。

琴声

新月繁星碧空净，闲亭少俊弄琴声。
轻拢慢捻风姿美，招惹佳人暗恋生。

琴声（新韵）

红弦紫袖纤指动，鸟啭泉鸣流水声。

曲到情深难抑止，弦凝声咽泪零零。

注：

红弦，乐器上的红色丝弦。 唐代李贺《洛姝真珠诗》中有"兰风桂露洒幽翠，红弦袅云咽深思"。

附：白居易《夜筝》。

紫袖红弦明月中，自弹自感暗低容。

弦凝指咽声停处，别有深情一万重。

春心

荫浓春尽青桃小，沃野芳原诱惑多。
一寸狂心扇难掩，娉婷顾盼影婆娑。

注：

晏几道《六幺令·其一》中有"一寸狂心未说，已向横波觉"。

暗 自 痴

叶底歌莺弄晨曲，仙姝舟上赋新词。
柳丝飘绿春心荡，少俊回廊暗自痴。

注：

清代朱彝尊《忆少年·飞花时节》中有"叶底歌莺梁上燕，一声声伴人幽怨"。

俊哥痴

嫩风细雨绿烟丝，碧水轻舟倩女姿。

鸟语花香鱼跳浪，霞飞歌绕俊哥痴。

闲愁付玉琴（新韵）

风柳腰身簌簌裙，梦回凉冷润衣襟。

休将离恨留香枕，却把闲愁付玉琴。

注：

柳永《浪淘沙·有个人人》中有"有个人人，飞燕精神。急锵环佩上华裀。促拍尽随红袖举，风柳腰身。簌簌轻裙，妙尽尖新"。

宋曾几《苏秀道中》："一夕骄阳转作霖，梦回凉冷润衣襟"。

鸟啼春

阵风吹落花三瓣，坠露点醒衣薄人。

月朗星稀叹轻别，山遥水远鸟啼春。

牵情惹恨

远山淡墨轻轻点，深树黄鹂弄巧音。
风嫩绿窗花带雨，牵情惹恨动侬心。

心流（新韵）

半规凉月半帘风，何处楼台恋曲倾？
万种思量止难住，心流无数断还生。

注：

周邦彦《风流子·大石秋怨》中有"半规凉月，人影参差"句。

笔点轻渐

不尽水东时若梦，时催人老寂无声。

小窗眠月愁肠结，笔点轻渐新恨生。

注：

宋代徐宝之《莺啼序》中有"曲坞煎茶，小窗眠月"这样的妙语。

南宋洪咨夔《浣溪沙·其四》中有"笔点轻渐心欲折，烛摇斜吹泪空煎"句。

纤指弄弦（新韵）

天涯夫婿别离久，十载光阴九载疼。

红散香凋春已暮，弄弦纤指啭愁声。

望穿秋水

江涵秋影略征鸿，帆挂秋屏岸树空。
敛尽春山羞不语，望穿秋水恨难穷。

注：

苏轼《蝶恋花·记得画屏初会遇》："敛尽春山羞不语，人前深意难轻诉"。

思念

一

林寒有叶秋将暮，水净无风夜色浓。
明月无声群动息，霜天荒翠共愁容。

注：

白居易《泛太湖书事寄微之》中有句："黄夹缬林寒有叶，碧琉璃水净无风。"

二

枫红秋老层林染，水碧江寒落照明。
萧瑟秋风今又是，阑珊心绪以何平？

注：

清代项鸿祚有："阑珊心绪，醉倚绿琴相伴住。"

三

云闲星缀夜空华，银汉无波思没涯。
月上枝头照眠玉，莺啼泪湿最高花。

注.

尾联末句化用了李商隐的名句"莺啼如有泪，为湿最高花"。

四（新韵）

绿窗春睡入眠迟，遣兴闲吟李杜诗。
月入玄窗思念起，杏花照眼粉墙低。

别愁

秋酣一觉醒残醉，日落江花脱晚红。
雁过声声心聒碎，别愁卷入酒杯中。

注：

王安石《江上》中有"江水漾西风，江花脱晚红"。

南宋胡仲参《枕上偶成》中有"客楼萧索抱愁眠，雁过声声到枕边"。

南宋陈深《江上》有："清愁无著处，卷入酒杯中。"

心事萦怀（新韵）

一夜霜侵红叶老，几番风雨碧桐零。

雁来不见音书至，君去未归心事萦。

注：

元代汤舜民《【双调】新水令·春日闺思》中有"林外萧条，一夜
霜侵红叶老。庭前寂寥，几番风撼的碧梧雕"。

牵情惹恨（新韵）

谷笼雾杏花如火，梨雪参差柳若烟。

风软水澄花带雨，牵情惹恨为哪般？

注：

元代刘庭信《醉太平·泥金小简》中有"泥金小简，白玉连环，牵情惹恨两三番"。

墨淋漓

愁绪萦徊人寂寞，浓情满纸墨淋漓。
飘零心事为谁寄？早雁初莺无不知。

注：

早雁初莺：语出纳兰性德《青衫湿·悼亡》："近来无限伤心事，
谁与话长更？从教分付，绿窗红泪，早雁初莺"。

愁与怨（新韵）

逋梅月色画中品，坡柳风情梦里饶。
望断云山怨难尽，愁如江水浪滔滔。

注：
首联化用了宋代詹玉的"香弄碧，有坡柳风情，逋梅月色"。

远梦惊回

远梦惊回情未断，通宵枯坐我如痴。
泪珠零落伤离索，酸楚凄凉君可知？

注：

伤离索，语出宋代孙道绚《忆秦娥·季温老友归樵阳，人来闲书，因以为寄》："秋寂寞。秋风夜雨伤离索。伤离索。老怀无奈，泪珠零落。"

幽情

念蠢蠢难言己欲，意悬悬咋诉相思？
金波渐转久凭阑，露点苍苔侬未知。

注：

首联化用了元无名氏《双调·水仙子·失题》中"意悬悬诉不尽相思，
谩写下鸳鸯字，空吟就花月词，凭何人付与娇姿"中的意境。

金波渐转凭阑久，化用了北宋韩琦《中秋对月送姚辟教授南归》中"金
波渐转落金樽，酒色映空寒动荡"的意境。

愁深酒浅

愁深酒浅眉头锁，别久心孤枕上思。

展纸挥毫写胸意，青春光景几多时？

注：

南宋刘过《贺新郎·其三》中有"人道愁来须殢酒，无奈愁深酒浅"句。

梦里思

孤鹤栖幽情入梦，片云斗暗雨催诗。
遥山羞黛长河割，明月当空入梦思。

注：

片云斗暗，语出辛弃疾《永遇乐，检校停云新种杉松戏作。时欲作亲旧报书，纸笔偶为大风吹去，末章因及之》。

遥山羞黛，语出南宋吴文英《莺啼序·其二》："长波妒盼，遥山羞黛，渔灯分影春江宿。"

万般柔

月窥旧识又孤睡，水带离声入梦流。
欲托征鸿捎信去，征鸿咋载万般柔？

注：

首联化用了唐代罗隐的名句："山将别恨和心断，水带离声入梦流。"

盼归

谷锁烟霏襟袖冷，风鸣岸叶伴孤舟。
眉峰压翠泪珠滴，几度相思几度秋？

注：

明王恭《拟卢允言晚次鄂州》中有"风鸣岸叶潮初落，月到船窗客未眠"。

眉峰压翠语出南宋陆淞《瑞鹤仙》："但眉峰压翠，泪珠弹粉。堂深昼永"。

离恨

花落花开人不返，雁来雁去几多秋？
因持离恨懒妆束，却为情肠愁叠愁。

注：

清张槎《西江月·暮春感怀》中有云："日日夕阳西下，年年逝水东流。燕来雁去几春秋。又是落花时候。"

醉里玄窗

涵空碧水夕阳照，倒影云山翠嶂横。
落叶闲门征雁过，玄窗醉里惹柔情。

离歌动人

霜渡湘江鸿雁远，扁舟游子唱离歌。

金风红叶秋声劲，暮色苍茫微雨和。

注：

首联化用了唐李颀《送魏万之京》中"朝闻游子唱离歌，昨夜微霜初渡河"的意境。

秋绪

蘋花渐老月露冷，梧叶飘黄烟水茫。
秋韵秋情秋绪起，断鸿声里望斜阳。

注：

首联从柳永《玉蝴蝶·其一》中"水风轻、蘋花渐老，月露冷、梧叶飘黄"化用而出。

兰质蕙心（新韵）

绿云飞泻黛眉轻，孑立娉婷裙摆风。
兰质蕙心谁不爱？若非才俊莫多情。

琴声传情（新韵）

梅吐旧英春意显，柳摇新绿燕呢喃。

含情脉脉羞言语，纤指弄琴撩俊男。

注：

秦观《风流子》中有句："见梅吐旧英，柳摇新绿，恼人春色。"

七夕（新韵）

蟾光鹊影伯劳碌，织女牛郎结伴行。
但愿鹊桥今异昔，梦圆眷属万般情。

劝

——写给爱情不专一的人们

沾惹是非非偶然，一帘幽梦指弹间。

夫妻转瞬成新恨，无解情结夜若年。

归队

玉人泣别声渐续，刚聚就离休怪她。
待劝无言词匮缺，对望以爱泪婆娑。

送别

一

云窗雾阁清风里，凝目愁望明月思。
倏聚忽离今又是，转身拭泪复何辞？

注：

倏、忽，都指时间短暂。

云窗雾阁，李清照《临江仙·梅》中有妙语："庭院深深深几许，
云窗雾阁春迟。为谁憔悴损芳姿。夜来清梦好，应是发南枝。"

二

相偎相拥泪盈目，无语情浓怨恨生。
月别枝头人未觉，但闻蝉噪叠蛙声。

追梦

花前同醉意无尽，月下比肩情更浓。
旋即地遥山水阻，惟留梦境可追踪。

幽思

澹澹春风落花雪，月圆愁坐更相思。
雁来雁去情难共，寂寞空吟团扇诗。

注：

尾联化用了唐代张窈窕《寄故人（一作杜羔妻诗）》中的诗句——"无金可买长门赋，有恨空吟团扇诗"。

《团扇诗》，这里特指南北朝沈约《团扇歌二首·其二》歌词云："团扇复团扇，持许自障面。憔悴无复理，羞与郎相见。"

澹澹，吹拂貌。

幽情无寄（新韵）

榴花半吐红巾蹙，玉蕊芳心束万重。
转午桐阴人未觉，幽情无寄愿难穷？

注：

苏轼《贺新郎·夏景》中有"石榴半吐红巾蹙。待浮花、浪蕊都尽，伴君幽独。"

幽恨长

皓月当空人静语，银晖缕缕洒清凉。
依依愁悴吟望久，难诉别情幽恨长。

情难诉（新韵）

宿霭迷空云蔽月，崖阴苔老古藤依。

山遥路远情难诉，鸿雁鸣秋恨久离。

注：

秦观《沁园春》中有句："宿霭迷空，腻云笼日，昼景渐长。"

南宋周密《一萼红·登蓬莱阁有感》中有"磴古松斜，崖阴苔老，一片清愁"。

别恨新愁

闲却新凉秋夕近，一襟幽事与时增。

蛩声聒耳挥难去，别恨新愁梦里兴。

注：

南宋周密《玉京秋·长安独客，又见西风，素月丹枫，凄然其为秋也，因调夹钟羽一解》中有："玉骨西风，恨最恨、闲却新凉时节。"

念知音（新韵）

舟泊烟渚客愁新，天碧星稀明月亲。
旷野无边芳草碧，思归别久念知音。

幽情难却

夜冷霜凝卉木凋，离亭黯黯恨迢迢。

幽情难却恨无计，愁锁眉头更瘦腰。

注：

吴文英《惜黄花慢·送客吴皋》中有："望天不尽，背城渐杳，离亭黯黯，恨水迢迢。"

无题

淡花瘦玉仙妆束，沐露披霞惊世殊。
一见钟情情若陷，名花有主岂能图?

晨梦

芳心低诉春醪困，枝上绵蛮晨梦惊。
细雨霏霏梨雨落，爱心未共意难平。

注：

柳永《黄莺儿》中有句："晓来枝上绵蛮，似把芳心、深意低诉。"

绵蛮：指小鸟或鸟鸣声。

韦庄《清平乐·其一》中有："细雨霏霏梨花白，燕拂画帘金额。"

追梦（新韵）

月上玄窗空翠静，等闲幽梦鸟惊回。

缠绵悱恻情难已，弄月吟风把梦追。

夜莺碎幽梦

终日思君君不在，偶然夜梦等闲成。

哪知啼鸟惊幽梦，激起怨如春草生。

似梦非梦

侧卧临窗邀月影，梦乡虚枕纳溪声。

雁来不见音书至，君去未归心事萦。

征雁惹闲愁

落日黄云大野秋，霜天断雁惹闲愁。
鬓云慵整心思乱，一任年华付水流。

月下

月色溶溶莺唱枝，花间度步共题诗。
晴岚暖翠春光里，野水含波鱼跃姿。

醉里秋波

冰凝烛泪夜难晓，杯尽愁浓空艳姿。

醉里秋波君不见，梦中朝露任相思。

注：

北宋时彦《青门饮·寄宠人》中有"醉里秋波，梦中朝雨，都是醒时烦恼"这样的妙语。

幽恨（仄韵诗）

天遥地远千山隔，离恨重重谁与说？
怅望星空幽恨添，花开堪折待君折。

注：

元马臻《双鹤吟寄友人》中有句："江南地暖梅花开，折花待君君
不来。"

珠黄人瘦

情恹夜永水芝零，酒苦梅酸心事萦。
仰见月圆君别久，倚阑无语泪盈盈。

离愁

鸿牵离绪人悲苦，心事沉沉玉颊红。
愁锁春山抬醉眼，难留好梦恨西风。

醉写诗

荻花红叶风萧瑟，明月幽窗醉写诗。
衰鬓苍颜镜中影，凝然愁望静相思。

注：

五代魏承班《木兰花·小芙蓉》中有："倚屏拖袖愁如醉。迟迟好景烟花媚，曲渚鸳鸯眠锦翅，凝然愁望静相思。"

秋景惹旧愁

亭外青山冷欲秋，谷中岚霭晚来收。
层林尽染浑如醉，征雁鸣空惹旧愁。

琴声（新韵）

红弦紫袖纤指动，鸟啭泉鸣流水声。
曲到情深难抑止，弦凝声咽泪零零。

情思

双目含情思旧事，轻弯纤手托香腮。
月移花影情思动，愁锁眉头结未开。

注：

首联化用了明代董纪《书所见二首·其二》中"倚阑跛立娇无语，
手托香腮酒半醺"意境。

尾联化用了王安石《夜直》："春色恼人眠不得，月移花影上栏干"
的意境。

凝愁

萧萧暮雨洗清秋，翠减红衰去雁悠。
梧叶寒声耳边响，依阑无月恁凝愁。

注：

唐李商隐《赠荷花》有句："此花此叶常相映，翠减红衰愁杀人。"

春思（新韵）

风朝露夜阴晴里，人语金丝魂梦牵。

莺啭燕舞新雨后，无端沾惹泪涟涟。

注:

风朝露夜阴晴里，唐李商隐《流莺》句："风朝露夜阴晴里，万户千门开闭时。"

尾联化用了明初金涓《客中风雨述怀·其二》中的句意："溪上晓晴新雨后，且须沽酒慰蹰躕。"

情长（新韵）

明月苍茫云海间，长风吹度玉门关。

窗前梅影和诗瘦，雪里华姿与月欢。

注：

首联化用了盛李白《关山月》中绝句："明月出天山，苍茫云海间。
长风几万里，吹度玉门关。"

尾联化用了金王庭筠《绝句》意："竹影和诗瘦，梅花入梦香。"

望断天涯路（新韵）

窗外菊愁兰泣泪，离别忍看燕双飞。

登高望断天涯路，雁去雁来人未归。

注:

晏殊《蝶恋花》中有："槛菊愁烟兰泣露，罗幕轻寒，燕子双飞去。"
尾联化用了元周巽《辘轳》中"边雁南来人未归，蛾眉颦蹙筋力微"
的意境。

鸿雁载情

绿湿红鲜春坠泪，星辰隐映月含羞。

欲凭鸿雁捎情去，鸿雁咋承无限柔。

注：

元初汪元量《昝相公送锦被》中有："百幅锦帆风不动，绿湿红鲜荡春碧。"

明郑真《寄晋原县丞王叔润兼简主簿董仲石·其一》中有："客底未忘青眼顾，欲凭鸿雁寄绸缪。"

放下难（新韵）

落絮残莺春已老，玉柔花醉懒思眠。

心倾何处羞言语？眉蹙神颓放下难。

注：

落絮残莺，语出五代末宋初欧阳炯《浣溪沙·其一》："落絮残莺半日天，玉柔花醉只思眠，惹窗映竹满炉烟。"

心咋安

数番月亏月又圆，缘何君去再逢难？
欲凭鸿雁寄离怨，鸿雁不能心咋安？

注：

尾联首句的句读重音在"凭"字和"雁"字上，故可以解怨字的撞韵之伤。

欲说还羞（新韵）

叶凋岩瘦惹新愁，独倚危阑不胜秋。

雁去雁来音讯杳，年年负我说还羞。

离愁

云厚山冥雨意浓，风和湿重鸟啼红。

离人幽恨无人解，羞与人言怨不穷。

注：

首联首句化用了宋王炎《南柯子·山冥云阴重》中"山冥云阴重，天寒雨意浓"的意境。

拼作无情

落红飘撒晓寒轻，绿涨红稀恋旧醒。

拼作无情没烦恼，浑然不似昔时情。

注:

旧醒，指旧时酒后的困倦。恋旧醒，这里指迷恋昔时与君共饮时的快乐时光，哪怕是醉酒也是幸福无比。

情思

藕花雨湿瓣涵露，雄蝶翻飞雌蝶娑。
影只身单君误我，相思无奈恨多多。

恨别（新韵）

榆柳萧疏人伫立，眼含别泪看青山。

冷云衰草秋寥寂，新恨旧愁谁与言？

注：

榆柳萧疏，语出中唐孟郊《洛桥晚望》：

天津桥下冰初结，洛阳陌上人行绝。

榆柳萧疏楼阁闲，月明直见嵩山雪。

望雁归

望望雁归未见君，连山重叠共氤氲。

光阴荏苒容颜老，悱恻缠绵醉脸醺。

丝雨无边

碧水飘红满目秋，林疏山瘦冷风飔。

凭栏独处闻征雁，丝雨无边细若愁。

注：

秦观《浣溪沙·其一·五首》中有："自在飞花轻似梦，无边丝雨细如愁，宝帘闲挂小银钩"。

悔上层楼（新韵）

花重红湿春堕泪，风轻云淡月含羞。
层楼悔上见情侣，招惹新愁压旧愁。

不胜秋（新韵）

柔肠萦挂夕阳下，木落萧萧不胜秋。
悔上层楼见情侣，旧愁无解惹新愁。

闲愁

亭外青山冷欲秋，谷中岚霭晚来收。
层林尽染浑如醉，征雁鸣空景惹愁。

幽思（仄韵）

天遥地远千山隔，离恨重重谁与说？
怅望星空怨恨添，花开堪折待君折。

字里行间

幽窗冷雨孤灯照，倦眼慵妆幽愤盈。
提笔作诗心绪乱，行间字里溢浓情。

丝雨无边

漠漠轻寒似暮秋，鸣泉呜咽画屏幽。

飞花若梦飘然去，丝雨无边漫若愁。

春愁

远梦惊回酒未醒，眼波回盼却含羞。

枝头莺啭百花醉，春入眉心两点愁。

注：

春入眉心两点愁，语出白居易《春词》："低花树映小妆楼，春入眉心两点愁。"

笛 声

泪眼盈盈汪旧恨，春山敛尽面含羞。

闲窗锁昼隐佳丽，横笛弄声难掩愁。

注：

首联末句化用了苏轼的名句："敛尽春山羞不语，人前深意难轻诉。"

幽思

月入霜闺群动息，晚英照眼溢芳菲。
长天孤雁咿哑去，强醉偷眠泪沾衣。

注：

李白有："风摧寒棕响，月入霜闺悲。"

霜闺：即秋闺，这里指秋天深居闺中的女子住所。

悲失伴

霜冷离鸿悲失伴，萧疏忒煞竟如斯。

一枝斑竹千斑泪，点点斑斑都是思。

注：

首联化用了纳兰性德《点绛唇·咏风兰》中的名句："忒煞萧疏，争奈秋如许。"

呼应（新韵）

百年强半纵豪兴，诗酒颠狂一老翁。
杨柳和烟垂嫩绿，闲窗隔岸送笛声。

注：

尾联化用了宋张绍文《闺怨效唐才调集体》句意"杨柳和烟翠不分，东风吹雨上离樽"。

春光懒困

闲倚兰舟看嫩柳，春光懒困沐斜阳。

鸥眠花睡醒残醉，燕语莺歌闹晚凉。

注：

首联化用了诗圣杜甫《江畔独步寻花·其五》中句意："黄师塔前
江水东，春光懒困倚微风"。

五

律

离人愁

盈耳风欺竹，散空蟾影幽。

眼凝春泪滴，眉敛月沉钩。

昔日盈盈水，今时渺渺愁。

问花花不语，只顾自风流。

注：

杜牧《忆齐安郡》中有"一夜风欺竹，连江雨送秋"这样的名句。

宋代夏竦《喜迁莺·霞散绮》中有"霞散绮，月沉钩，帘卷未央楼。夜凉河汉截天流，宫阙锁清秋"这种妙文。

颈联化用了文徵明《钱氏池上芙蓉》中句意："美人笑隔盈盈水，落日还生渺渺愁。"

寄幽思

微雨暮钟时，天昏鸟去迟。
江澄水流缓，云厚树涵滋。
勺药含春泪，蔷薇秀艳姿。
遥山羞黛抹，醉墨寄幽思。

注：

朱熹《梵天观雨》中有："读书清磬外，看雨暮钟时。"

秦观《春日五首·其二》中有名句："有情芍药含春泪，无力蔷薇
卧晓枝。"

遥思（新韵）

一

湖上柳阴阴，澄波荷影侵。

彷徨度寒晓，寂寞厌黄昏。

独享窗前月，遥思梦里人。

情真梦难入，悲苦炼丹心。

注：

南朝陈叔宝《晚宴文思殿诗》中有"荷影侵池浪，云色入山扉。"纳兰性德《于中好·雁帖寒云次第飞》中有："凭将扫黛窗前月，持向今宵照别离。"

二（新韵）

红杏光浮水，黄鹂声润春。

风微波未起，鱼跃散圆纹。

忍见双飞燕，遥思梦里人。

景佳郎不共，眉敛月将沉。

初恋（新韵）

山容浮紫翠，柳色绿侵江。
楚楚动人女，依依俊俏郎。
娇羞花解语，沉醉尔知芳。
景伴情思动，意随灵性扬。

注：

首联化用了明吴山《广信南山寺宴集和周行之韵》"山容浮紫翠，
林影乱青红。"

李商隐《巴江柳》中有："巴江可惜柳，柳色绿侵江。"

颈联化用了元王实甫《尾》中句："娇羞花解语，温柔玉有香。"

秋思

雨矢击翠竹，严霜凋碧林。
菊残枫已醉，雁去雪将临。
独酌对樽酒，酒酣愁袭心。
思君君万里，眉敛月将沉。

离人愁

烟波荡江海， 鸥鹭宿汀州。
风冷罗裙舞， 云开翠盖悠。
山光本心静， 情色却堪忧。
旧病加新病， 新愁拥旧愁。

孤独（新韵）

孤烟袅寒碧，残叶舞愁红。
落日青山外，轻舟野水中。
雁遥声渐杳，鱼没影无踪。
流水随春远，韶华谁与同？

注：

首联化用了柳永《雪梅香》中的名句："渔市孤烟袅寒碧，水村残
叶舞愁红。"

落日青山外，语出南宋释行巩《颂古十首·其五》"淡烟落日青山外，
满地难收刀斧痕。"

别绪

盈耳风欺竹，回瞻雨送秋。
离鸿惊失伴，孤鹤惹闲愁。
眺迥溪云荡，凭轩涕泗流。
问花花不语，眉敛月沉钩。

注：

离鸿惊失伴，语出纳兰性德《临江仙·孤雁》："霜冷离鸿惊失伴，有人同病相怜。"

心上秋

离人心上秋，不雨也飕飕。
谙尽孤眠味，常怀子立愁。
眼汪潮涌泪，眉敛雨馀羞。
离恨连云海，别情江水流。

别情难已

野色黄昏黯，云闲晚欲收。
江空云漠漠，林老冷飕飕。
离恨连云海，别情如水流。
醒来闲放眼，醉去猛回头。

思念

桃李浓春色，红枫醉素秋。

水光都眼净，山色总眉愁。

掩敛瑶台下，含情窥镜羞。

离人心上事，不雨也飕飕。

注：

颔联语出苏轼名句："佳人斜倚合江楼，水光都眼净，山色总眉愁。"

尾联化用了宋代吴文英《唐多令·惜别》中的名句："何处合成愁。离人心上秋。纵芭蕉、不雨也飕飕。"

柔肠离恨（新韵）

宿雨浥尘净，明岚杂紫烟。
谷幽风起处，石怪水流潺。
远水鸭头绿，柔肠离恨兼。
瞻光惜岁月，阅水叹流年。

注：

明岚杂紫烟，语出欧阳修《雨后独行洛北》中句："北阙望南山，明岚杂紫烟。"

同游

蝉噪密林静，泉鸣曲调幽。
云涛连晓雾，岚气汇清流。
野色黄昏黯，云闲晚欲收。
并肩杨柳岸，共语翠轩楼。

心事

春似人将老，愁同水共流。
千山眉黛扫，绿意涨田畴。
错管春残事，偏怜花满柔。
吟情付湘水，心事许沙鸥。

注:

春似人将老，语出李清照《蝶恋花·上巳召亲族》中的名句："醉莫插花花莫笑，可怜春似人将老。"北宋晏殊《清平乐·其一》中也有妙语："春花秋草，只是催人老。总把千山眉黛扫，未抵别愁多少。"

心事许沙鸥，语出南宋陆游《月夜泛小舟湖中三更乃归》中的名句："壮岁功名惭汗马，暮年心事许沙鸥。"

心上秋

霭霭岚中树，亭亭云上楼。
登高览山色，霜被物华秋。
极目楚天外，眺望江水流。
相思浑似醉，丝雨细如愁。

注：

霭霭云中树，语出元代周巽《澹云为湘阴罗孝子国珉赋》中的名句："悠悠江上云，霭霭云中树。"

亭亭云上楼，语出明王渐逵《答伦右溪云谷之约》中的名句："亭亭云上楼，霭霭岚中扉。"

放下（新韵）

——写给身陷失恋泥潭的人们

旧恨晚霞里，新愁微雨中。
潜离伤未久，暗弃痛还重。
花绽心思锁，春归囟事浓。
娇痴即是苦，放下得从容。

暗恋

一

鸟啭绿阴中，湖光山色葱。
老鱼闲吐浪，杨柳倦嘶风。
欲唤羞言语，凝情怕落空。
徘徊难达意，待罢爱无穷。

注:

杨柳倦嘶风，语出南宋吴文英《忆江南》中的名句："人去秋千闲挂月，马停杨柳倦嘶风。"

二

爱情花未绽，思念竟成痴。
薄暮厌厌雨，春醒寂寂姿。
徘徊风举袂，顾盼尔折枝。
惆怅孰能解，心思他不知。

掷春心（新韵）

隔岸遥相见，依依暗恋君。

彷徨羞未语，忐忑怕徒云。

洁若冰壶玉，爱如炉内金。

阿哥可知俺，正在掷春心。

注:

辛弃疾《满江红·中秋寄远》中有"谁做冰壶凉世界，最怜玉斧修时节"句。

李白《越女词五首》中有："卖眼掷春心，折花调行客。"

寄相思（新韵）

摇落暮天迥，丹枫霜叶稀。

云低帆觉重，水阔鸟飞迟。

晚艳风波里，冷香霜雪姿。

幽情无药解，词赋寄相思。

注：

首联化用了唐代刘长卿的名句"摇落暮天迥，青枫霜叶稀"。

云低帆觉重，化用自唐末·吴融《富春》中有："云低远渡帆来重，潮落寒沙鸟下频。"

水阔鸟飞迟，化用自中唐刘长卿《赠别于群投笔赴安西》中的名句："地阔鸟飞迟，风寒马毛缩。"

思念

霭霭岚中树，亭亭云上楼。
老鱼嬉碧浪，鸥鹭弄汀州。
昔日盈盈水，今时渺渺愁。
依阑看缺月，衔恨怨情留。

注：

渺渺愁，语出清陈维崧《汉宫春·春夜听盲女弹琵琶词》："还相调，轻云蔽月，今宵渺渺愁余。

尾联化用自明代王渐逵《答伦右溪云谷之约》中句："亭亭云上楼，霭霭岚中扉。"

错爱

弱柳匀如翦，随风舞不休。
老鱼嬉碧水，白鹭弄汀州。
咫尺天涯路，二心朝夕愁。
依阑看缺月，衔恨怨悠悠。

注：

翦，同剪。匀如翦，像人工剪裁的一样。元代洪希文《水调歌头
雪梅 以上丁藏钞本续轩渠集卷九词》中有"片片匀如翦，散入马
蹄轻"这种用法。

春娇（新韵）

倚阑弄柳条，笑靥透妖娆。
裙摆从风举，娉婷玉沈腰。
垂杨飘嫩绿，春色醉仙桃。
君可解心曲？梨花带雨娇。

相恋

天际乍消霞，绿荫遮宿鸦。
垂杨妆绿水，烟雨暗春花。
韵美她陶醉，情浓吾赞夸。
谈情好时节，诗酒趁年华。

情愁

一

离人心上秋，不雨也飕飕。
孤雁不成字，离情锁额头。
吟情付湘水，心事许沙鸥。
野色黄昏黯，闲云近晚收。

注：

首联化用了南宋文英《唐多令·惜别》中的名言："何处合成愁？
离人心上秋。纵芭蕉，不雨也飕飕。"

心事许沙鸥，语出南宋陆游《月夜泛小舟湖中三更乃归》"壮岁功
名惭汗马，暮年心事许沙鸥。"

二

残红逐波去，新绿涨平畴。
离恨连云海，别情如水流。
眼凝春泪滴，眉敛月沉钩。
孤雁不成字，行叹复坐愁。

注：

行叹复坐愁，语出南朝宋鲍照《拟行路难十八首·其四》原句是："人
生亦有命，安能行叹复坐愁！"

思念（新韵）

幽思郎不共，桃李笑春风。
沉醉通宵卧，闲愁向晓盈。
浓情无药解，孤睡梦难成。
寂寞凭谁诉，隔篁闻水声。

旧恨新愁（新韵）

早寒霜气晴，池满水无声。
旧怨夕霏洒，新愁细雨零。
别君时日久，老我与时增。
月上远烟淡，塞鸿人字形。

思君

牛斗转深更，绿窗春睡轻。
征鸿晨起早，月影透帘明。
别恨增幽怨，愁容伴晓醒。
思君君不在，唯有雁鸣声。

注：

"牛斗转深更"，语出清代诗人沈德潜《夜月渡江》"水底鱼龙惊
静夜，天边牛斗转深更。"

惊梦（新韵）

桃李争春色，枕边花气盈。
思君君不在，盼梦梦成形。
犬吠碎幽梦，梦回春恨生。
此情无药解，寂寂到天明。

晓莺惊梦（新韵）

夜泪晨流尽，晓莺惊梦残。
镜中惜色秀，窗外厌花繁。
少俊别时久，浓情随日添。
三番雁来去，不见尔回还。

望断天涯

弱柳匀如蒻，随风舞不休。
老鱼嬉碧水，鸥鹭弄汀州。
望断天涯路，遥思海角羞。
依阑看缺月，衔恨怨难收。

秋愁

山空星夜静，无寐自孤芳。
衣薄西风冷，秋高夜月凉。
偶闻征雁过，又惹别情伤。
心事无人诉，恹恹恼桂香。

追思（一）

——请允许我以军嫂第一人称的口吻诉说痛失夫君的哀思。

小蘋初见时，子立病难医。
梦里君犹在，醒时依枉悲。
离情萦脑际，别绪燎心肌。
细雨双飞燕，形声惹念思。

注：

晏几道《临江仙·梦后楼台高锁》中有："记得小蘋初见，两重心字罗衣。"

五代何凝《春光好·蘋叶软》中有："蘋叶软，杏花明，画船轻。双浴鸳鸯出绿汀，棹歌声。"

追思（新韵·二）

莺啼晨露滴，夜尽醉无眠。
孤独折疏柳，孑然望碧天。
几番归雁至，数盼恋人还。
梦里音容在，望中躯已捐。

追思（三）

霜红映湘水，新月上枝头。
征雁声盈耳，吟鸾歌弄愁。
闲情朝复暮，思念夏还秋。
心事向谁诉，泪如江水流。

注：

吟鸾：古人常以鸾凤喻夫妇，这里指诗中的女主人。宋代姜夔《忆王孙·番阳彭氏小楼作》中有"两绸缪，料得吟鸾夜夜愁"如此妙语。

追思（四）

芳草复金菊，韶华逐水流。
久离思俊少，远别对穷秋。
幽事无人说，寸心因尔揪。
慵妆对明月，醉墨写诗愁。

追思（五）

烟霞朝晚聚，岚霭北南流。
草绿眼前过，枫红几度秋。
水光都眼净，山色总眉愁。
心事付湘水，恋情梦里求。

注：

烟霞朝晚聚，语出唐代卢照邻的名句："烟霞朝晚聚，猿鸟岁时闻。"

送别（排律）

天高雁影低，水阔一帆迟。
晚艳篱边绽，冷香霜雪姿。
光阴弹指过，落照坐间移。
秋色连云海，沧波杳咋期？
愁肠无药解，别绪有谁知。

注：

唐代王健《野菊》中有"晚艳出荒篱，冷香著秋水"的名句。

初恋（新韵排律）

层林新雨后，空翠净无尘。
野卉自芳色，鸣泉空好音。
花间烟锁径，叶底鸟啼春。
赏月香浮野，横笛声裂云。
娇花醉鸳侣，才俊更袭心。
未语低头笑，分明有意君。

注：
唐代孟浩然《题大禹寺义公禅房》中有："夕阳连雨足，空翠落庭阴。"

绝

无眠（新韵）

闲事萦怀抱，侧翻心不宁。

蛩声成片响，不了到天明。

离情难却

心事萦怀抱，离情锁额头。
孤鸿不成字，行叹坐还愁。

新别

初尝别离苦，辗转数寒更。
别绪无所寄，恨如春草生。

情丝动

山光晴有象，空翠净无尘。

三弄情丝动，梅花照眼新。

注：

三弄，一指古名曲《梅花三弄》。二指《梅花烙》、《水云间》、《鬼丈夫》三个动人的爱情故事。

惜春

凝妆上玉楼，竹翠水潝潝。
错管春残事，落红撩旧愁。

注：

水潝潝，语出南北朝渔夫《答孙缅歌》，诗曰："竹竿籊籊，河水潝潝。相忘为乐，贪饵吞钩。非夷非惠，聊以忘忧。"

离恨别情

离恨连云海，别情如水流。
相思无药解，屈指几经秋。

望穿秋水

竹翠水潊潊，松声冷欲秋。
野烟遮视际，丝雨细如愁。

莺弄别曲

离人心上秋，不雨也飕飕。
莺哳别时曲，情思共水流。

注：

首联化用自明代吴文英《唐多令·惜别》中的名句："何处合成愁。
离人心上秋。纵芭蕉不雨也飕飕。"

离情别恨

云黯水悠悠，枫红几度秋。
空馀离别恨，行叹坐添愁。

思念

孤雁不成字，寒蝉最怕秋。
眼凝清露重，眉敛月沉钩。

注：

黄庭坚《次韵任君官舍秋雨》中有句："惊起归鸿不成字，辞柯落叶最知秋。"。

相思

草绿眼前过，枫红几度秋。
相思人不见，久别泪难收。

心事

长夜消残醉，悲风惹旧愁。

吟情付湘水，心事许沙鸥。

情思

霞散月沉钩，松声冷欲秋。
情思无药解，山色也眉愁。

旧恨新愁

水光浮紫翠，山色染青红。

旧恨斜阳里，新愁细雨中。

注：

首联化用自宋代曾巩《甘露寺多景楼》中的名句："云乱水光浮紫翠，天含山气入青红。"

痛还重（新韵）

酒醉清宵半，情酣意不穷。
别离伤未久，梦里痛还重。

注：

柳永《安公子·梦觉清宵半》中有："梦觉清宵半。悄然屈指听银箭。惟有床前残泪烛，啼红相伴。"

供愁（新韵）

潮平天海碧，枫暗露华浓。
蟋蟀鸣声碎，供愁月夜中。

注：

宋代朱淑真著有《供愁》诗：
寂寂疏帘挂玉楼，楼头新月曲如钩。
不须问我情深浅，钩动长天远水愁。

寄梦

晴岚低楚甸，寒瀑挂苍涯。
思念梦中寄，归期未及瓜。

注:

归期未及瓜，语出初唐骆宾王《晚度天山有怀京邑》。原句是："旅思徒漂梗，归期未及瓜。"

及瓜：典故，指任职期满。

心上秋

盈耳风欺竹，回瞻雨送秋。

依阑看缺月，衔恨思悠悠。

注：

首联化用了唐杜牧《忆齐安郡》中的名句："一夜风欺竹，连江雨送秋。"

蛩声聒耳

别绪伴孤月，醉魂愁梦萦。

蛩声碎成片，聒耳到天明。

注：

蛩声碎，语出清代佟世南《御街行·寄怀王丹麓即次原韵》。原句是：
"纷纷黄叶摇空砌。灯影瘦、蛩声碎。伊人何在溯苍葭，空见寒霜
盈地。"

思念（新韵）

天共青山老，月同秋水明。

相思人不见，辗转梦难凭。

注：

天共青山老，语出清代吴绮《惜分飞·寒夜》。原文是："昨晚西窗风料峭，又把黄梅瘦了。人被花香恼，起看天共青山老。"

离愁别绪

夜永长空碧，秋澄万景清。
离肠万回结，愁绪百般萦。

注：

秋澄万景清，语出刘禹锡《八月十五日夜玩月》。

离肠万回结，语出宋代魏夫人《好事近·雨后晓寒轻》。

梦难酣（新韵）

心事满腹溢，恹恹斜倚阑。

诗思秋夜半，别久梦难酣。

注:

首联化用了宋代李清照《蝶恋花·上巳召亲族》中的名句："永夜恹恹欢意少。空梦长安，认取长安道。"

夜不能寐（新韵）

思念难成寐，啼鹃聒耳眠。
愁心寄明月，樽酒慰离颜。

注：

樽酒慰离颜，语出温庭筠的名句："何当重相见，樽酒慰离颜。"

春心

惜春春不驻，花坠舞漫天。

晓梦迷蝴蝶，春心托杜鹃。

注：

春心托杜鹃，语出唐代李商隐《锦瑟》中的名句："庄生晓梦迷蝴蝶，望帝春心托杜鹃。"

月夜携手（新韵）

吟诵柳烟里，诗情桃李间。
春风著意柳，夜月晓情缘。

注：

李白《饯校书叔云》中有："惜别且为欢，裴回桃李间。"

新别（新韵）

寤宿思旧事，往昔飘若烟。
移时如度日，隔日似隔年。

怯流年（新韵）

片叶知秋近，芳容不忍观。

幽情未达意，对酒怯流年。

不言中

桃李片时艳，青松千载葱。
香凋春已暮，心事不言中。

注：

关于片时的用语，宋代朱敦儒《西江月·世事短如春梦》中有："幸
遇三杯酒好，况逢一朵花新。片时欢笑且相亲，明日阴晴未定。"

爱与恨

肠断离情苦，无眠怨日升。
幽怀难达意，欲罢却无能。

注：

柳永《安公子·远岸收残雨》中有："自别后、风亭月榭孤欢聚。
刚断肠、惹得离情苦。"

无眠

鹧鸪声入耳，杳杳没征鸿。
促织鸣声碎，供愁月夜中。

注：
唐代寒山《杳杳寒山》中有："杳杳寒山道，落落冷涧滨。"

逃禅

娇羞花解语，情动孰能知。
会意掩卷笑，逃禅乘醉时。

思君（新韵）

天长雁影稀，水碧絮云低。
秋老红枫醉，思君君可知？

注：

天长雁影稀，语出元代卢挚《沉醉东风·重久》。原句是："天长
雁影稀，月落山容瘦，冷清清暮秋时候。"

离情苦（新韵）

春心寄征雁，醉眼看秋涛。

肠断离情苦，愁眉锁寂寥。

浓情笔来浇

忙闲都枉忆，醒醉总无聊。

思念止难住，浓愁以笔浇。

孤独

坐行愁不断，醒醉概无聊。

霜影寒中立，乱红风里凋。

初恋（新韵）

欲唤不能语，凝情恐有知。

幽怀未达意，媚眼递心思。

注：

关于媚眼的用法，明代徐𤊱《咏美人昼眠》中有："金钗斜欲溜，玉枕倦相依。瞢腾含媚眼，展转皱罗衣。"瞢腾：模模糊糊，神志不清的意思。

晨游（新韵）

宿润留芳草，晨辉洒翠林。

娇花醉鸳侣，古木伴竹君。

注：

竹君，对翠竹的拟人化称谓。

送 别

鸥闲红日窥，雁远白帆迟。
伫立楚江岸，沧波杳咋期？

注：

沧波杳咋期，化用了李白《送张舍人之江东》中句意"白日行欲暮，
沧波杳难期"。

送别

醉沉安识愁，远别对穷秋。
回望涛声旧，风波满渡头。

注：

尾联化用了唐高适的名句："君去应回首，风波满渡头。"

惜别

霜风动乌发，月出夜莺惊。
伫立山门外，不堪辞别行。

注：
宋代欧阳修《五绝·小满》有"夜莺啼绿柳，皓月醒长空"的名句。

秋夜

月出惊桐落，伊人愁正浓。
雁归音讯杳，心结锁千重。

注：

明代高濂《长相思·夜坐》中有"云黯澹，月朦胧。落叶窗前几阵风。此时愁正浓"如此妙语。

思念（新韵）

烟树绿波漫，松风伴雨寒。

路遥情咋寄，悱恻夜难眠。

相忆深

望望人不见，眉敛月将沉。
心事难排解，孤衾相忆深。

相思

日暮雁影断，天遥山谷暝。
相思无可寄，放眼入青冥。

注：

龚自珍《夜坐二首》中有名句："春夜伤心坐画屏，不如放眼入青冥。"

念（新韵）

多才去良久，不见片言还。

心事满腹溢，怏怏斜倚阑。

注：

佚名《祝英台近·惜多才》中有："惜多才，怜薄命，无计可留汝。揉碎花笺，忍写断肠句。道旁杨柳依依，千丝万缕，抵不住、一分愁绪。"

诗 化 人 生
宋宜东格律诗选

宋宜东 ◎ 著

阅世遣兴

文匯出版社

图书在版编目（ＣＩＰ）数据

诗化人生：宋宜东格律诗选. 阅世遣兴 / 宋宜东著
. -- 上海：文汇出版社, 2023.8
ISBN 978-7-5496-4095-9

Ⅰ. ①诗… Ⅱ. ①宋… Ⅲ. ①格律诗－诗集－中国－
当代 Ⅳ. ①I227.7

中国国家版本馆CIP数据核字(2023)第136759号

诗化人生
阅世遣兴

责任编辑 / 甘　棠
封面设计 / 陈瑞桢
照排设计 / 上海温龙图文设计制作有限公司

出版发行 / 文匯出版社
　　　　　上海市威海路755号（邮编：200041）
经　　销 / 全国新华书店
印刷装订 / 上海光扬印务有限公司
版　　次 / 2023年7月第1版
印　　次 / 2023年7月第1版第1次印刷
开　　本 / 720mm×1000mm　1/16
字　　数 / 400千
印　　张 / 26.25

ISBN 978-7-5496-4095-9
定价：180.00元（全三册）

#

写意

七律

七绝

抒怀

七

律

杏日桃时

杏日桃时花正盛，岸堤疏柳吐金黄。
春风皱碧鱼跳浪，暮色和烟诗意飏。
一半勾留因景美，十分眷恋是情长。
侧身天地观今古，搔首风尘鬓染霜。

注:

勾留，逗留、停留。

尾联化用了元赵孟頫《和姚子敬秋怀五首 其三》中的名句"搔首
风尘双短鬓，侧身天地一儒冠。"

侧身：同"厕身"，即置身。

共赏冰轮

银汉无波夜色娇，中秋佳节度良宵。

桂花浮玉金英绽，湖镜碎银诗意饶。

波洗寰瀛九霄净，光盈世界百川骄。

慧能浓缩时空距，共赏冰轮路不遥。

注：

银汉无波，语出北宋陈襄《和正辞职方以浚河留滞》

寰瀛，唐代刘禹锡《八月十五日夜玩月》中有："天将今夜月，一遍洗寰瀛。"

美景催诗

花含朝露鸟嬉晨，举目超凡鹤作邻。
旭日晓辉暄大地，青屏秀水净无尘。
峰奇崖陡风光好，林静山空气象新。
景美韵佳情涌动，挥毫果敢学仙人。

晨游

风和日丽晨行早，弱柳拂风黄鸟鸣。

岸芷汀兰弄新意，沙鸥白鹭察鱼情。

江天杳霭缈无际，山色微茫幻易生。

景醉人迷诗兴足，琴流浓意笛心声。

注：

芷，白芷的简称。

汀，水边平地。兰，指"兰草"和"兰花。

杳霭：1、茂盛貌。2、幽深渺茫貌。3、云雾飘缈貌。这里用的是
第三种含义。

胜日寻芳

风皱镜湖春色丽，老鱼跳浪水波圆。
瑶台月夜嫦娥舞，紫阁云间墨客怜。
鸟啭猿啼声入耳，峰奇瀑挂霭浮天。
空灵飘逸恍如梦，胜日寻芳诗意燃。

注：

紫阁：指仙人或隐士居所。这里指诗人游览的人间仙景。

怜：爱的意思。

醉景

风清竹动暮凉嫩，黄鸟争枝春意和。
云覆桃花红烂漫，鹤盘玉树影婆娑。
柳丝袅娜夕阳美，水镜关情梦幻多。
酣漾轻舟信流去，醒时索句醉时歌。

注：

柳丝袅娜语见唐代温庭筠《菩萨蛮·玉楼明月长相忆》中的名句："玉楼明月长相忆，柳丝袅娜春无力。"。

醉游（新韵）

雾漫烟霏鱼吐浪，波微水阔燕传情。

湖光山色画屏展，鸟语花香诗意盈。

心旷神怡游子悦，境幽韵美老夫惊。

忘年忘我乐山水，无虑无忧孤傲翁。

注：

烟霏，云烟弥漫貌。

明代韩雍《陈缉熙修撰先陇十咏·其三》中有"山寺延倒景，烟霏坐来深"这样的妙语。

春吟（新韵）

花含朝雨鸟嬉春，举目超凡鹤作邻。

醉卧慵思尘世事，闲来空望绕峰云。

石奇崖陡风光好，林静山空万象新。

景美韵佳情涌动，挥毫龙舞墨传神。

注：

慵思，元代王行《江月令 春馆书事》中有"向煖渐生慵思，寻春似减情怀"这样的用语。

醉春（新韵）

涨绿催红春脚步，吹香弄玉柳煽情。

一溪霜月山川秀，万里风烟梦幻盈。

潭影涵空水天色，山光浮翠谷泉声。

游山玩水好词赋，忒煞些儿恣性灵。

注：

一溪霜月，语出辛弃疾《念奴娇·梅》。

"忒煞些儿恣性灵"，意思是太有些放纵自己的性情了。此句从柳永《驻马听·凤枕鸾帷》中的"恣性灵，忒煞些儿"化用而来。

恣：放纵。性灵：性情。忒煞：太甚。些儿：少许，一点点。

日暖风和

日暖风和鸟懒啼，垂杨无力荡天池。
谷幽水碧百花艳，霭笼雾遮华露滋。
骚客游山叹诗瘦，嫩莺梳羽压低枝。
空灵飘逸恍如梦，无尽风流谁不痴。

注：

垂杨无力荡天池，从唐末李咸用《春暮途中》的名句化用而来。原
句是："飞燕有情依旧阁，垂杨无力受东风。"

叹诗瘦，感叹自己笔力弱，难以描摹眼前的美景和表达内心的情感。

咏春

鸟吐清音叶遮影，漫山空翠溢春情。

云流高峡风光丽，鹰击长空野兔惊。

杨柳和烟垂嫩绿，闲窗隔岸送琴声。

景佳韵美人陶醉，酒入诗肠绝句生。

注：

鸟吐清音，魏晋佚名《子夜四时歌·春歌二十首·其一》中有："山林多奇采，阳鸟吐清音"这样的妙句。

花容野色

游鱼跳浪碎江红，岸柳弄晴嬉醉翁。

涨绿开金及时雨，吹香飘碧透林风。

花容野色丹青笔，画意诗情造化功。

闲却孤云对樽酒，任凭思绪缅思中。

注：

嬉，作弄。

花容野色丹青笔，意为花容野色胜画境。画意诗情造化功，意为：诗意浓情（完全是）自然造化的功劳。

丹青笔，语出唐代岑参的名句："始知丹青笔，能夺造化功"。

缅思：意为遥想。语出唐杜甫的《画鹘行》："缅思云沙际，自有烟雾质。"

醉游

莺啼燕戏春光美，李白桃红野色鲜。

宠柳娇花酣品味，游山乐水醉忘还。

神闲气定享当下，花谢花开任自然。

曲坞煎茶对樽酒，幽窗和月照无眠。

注：

宠柳娇花，语出李清照《念奴娇·春情》。

煎茶，烹茶。五代孟贯《赠栖隐洞潭先生》诗中有："石泉春酿酒，松火夜煎茶。"宋代徐宝之《莺啼序》中有："曲坞煎茶，小窗眠月。"

忘年忘我

柳阴傍岸轻烟笼，花浸澄波翠鸟鸣。
花外俊才传爱意，雾中娇女漾柔情。
远山黛色连天际，近水湖光映赤城。
笔落心飞美篇就，忘年忘我忘归程。

注：

赤城，这里是指传说中的仙境。

物我合一

谷幽水碧藏幽景，林茂花红秘谷莺。
杨柳拂风霞溢彩，湖光映日水澄明。
人迷画卷两成趣，鸟弄风姿互递情。
放眼神州享当下，物吾合一忘归程。

游兴

峰衔旭日溪桥冷，笛弄酣声杨柳新。
对酒托兴猴做客，餐霞饮露鹤为邻。
阵风吹落花三瓣，鸟啭惊回梦一人。
画意诗情胸内荡，层涛蜕月水光粼。

注：

餐霞饮露，语出南宋赵良埈《凤凰谷》。

策马（新韵）

早起扬鞭岸上驰，露浓涓坠点征衣。
虫鸣悦耳山林静，莺语惺惚野雉眯。
冉冉娇阳暄赤县，萋萋芳草溢生机，
诗情画意胸中荡，物我合一策马驰。

注：

萋萋芳草，语出唐代韩翃《和高平朱参军思归作》

春游趣饶

一

春意无穷山水娇，天涯浪迹乐陶陶。
随风云海呈虚景，耸翠层峦出九霄。
寒色尚存红欲放，嫩黄初染绿初描。
餐风沐露鹤为伴，诗写人生乐趣饶。

注：

嫩黄初染绿初描，语出宋代谭宣子《江城子·嫩黄初染绿初描》："嫩黄初染绿初描，倚春娇，索春饶。燕外莺边，想见万丝摇。"

二

苍崖丹谷丛峰影，瘦蔓春藤玉叶侵。
浅碧回头青满眼，暗黄转瞬绿成阴。
和风迟日闲登览，暖律芳时独对吟。
秀色可餐惊俗目，诗情画意醉吾心。

注：

诗《豳风·七月》中有"春日迟迟"之句，后常以"迟日"指春日。
暖律：古以时令合乐律。暖律乃指暄暖节令，即温暖的时节。

醉墨抒怀（新韵）

带雨远观杨柳绿，凌风摇指杏花村。

苍崖丹谷回峰影，瘦蔓春藤玉叶新。

浅碧回头青满眼，暗黄转瞬绿成阴。

豪歌纵饮琴三弄，醉墨抒怀酒几樽。

注：

凌风，一是指驾着风。二指乘风。

诗意染黄昏（新韵）

峰衔落日溪桥冷，笛弄酣声杨柳新。
玉色轻明肌胜雪，凌波步弱袜无尘。
淡烟野水怡仙子，晚翠春红悦美人。
缥缈山光映江景，朦胧诗意染黄昏。

注：

凌波步弱，语出北宋周邦彦《瑞鹤仙·高平》

佳句笔底伸（新韵）

浅桃深杏烟波缈，露染风裁容胜金。
蝶舞霞翻追嫩蕊，莺啼玉立啭清音。
朦胧山水晨辉里，浩淼城池绿润侵。
诗意浓情胸内荡，好章佳句笔底伸。

注：

柳永《玉蝴蝶·渐觉芳郊明媚》中有"满目浅桃深杏，露染风裁"。

冷吟闲醉

云涛涨晚丛峰动，山色湖光梦幻生。
花艳露浓泉水碧，春深气暖柳芽明。
冷吟闲醉享当下，静览雅思乐此生。
情到浓时诗意起，龙行醉墨鬼神惊。

注：

冷吟闲醉，出自白居易《舟中晚起》："且向钱唐湖上去，冷吟闲醉二三年。"

云涛涨晚，语出柳永《玉蝴蝶（重阳·五之五·仙吕调）》。词中有："素光动、云涛涨晚，紫翠冷、霜蟾横秋。景清幽。渚兰香榭，汀树红愁。"

陶醉

鹤鸣空谷玉钩弯，雨润长堤草色鲜。
露冷夜深星海渺，树葱莺啭水流潺。
学诗谩有惊人句，待月却需赊酒钱。
淡薄虚名赏恬静，文酣墨妙夜无眠。

注：

学诗谩有惊人句，语出李清照《渔家傲·天接云涛连晓雾》。

谩有，空有的意思。

诗载情

日夕云轻天色暗，周山俱寂百虫鸣。
层林尽染风光丽，峡谷艳装趣味盈。
骚客闲游尘外驻，仙姝赏景画中行。
景佳韵美人陶醉，低首挥毫诗载情。

春韵春情

蜂围蝶舞动风色，草长鸥眠日落迟。
人语廊桥梦回际，窗含残月酒醒时。
幽禽玉立佳音啭，倩女凌波靓仔思。
远岫淡描岚蔼里，片云斗暗雨催诗。

注：

动风色，借自李白《庐山谣寄卢侍御虚舟》"黄云万里动风色，白波九道流雪山"。

"窗含残月酒醒时"，语出宋代石象之《咏愁》。

远岫，远处的峰峦

蔼，古同霭，云气。明代何乔新有诗云："岚蔼晴浮碧，天花晓雨香。"

秋韵秋情

菊绽花娇桂蕊香，枯荷叶底鹭鸶藏。

烟波澹荡梦魂动，草木氤氲诗思长。

秋韵秋情染秋绪，断鸿声里望斜阳。

侧身天地观今古，搔首风尘鬓染霜。

注：

枯荷叶底鹭鸶藏，语出元代贯云石《小梁州》。

烟波澹荡，语出唐白居易《西湖晚归回望孤山寺赠诸客》。

搔首风尘，语出赵孟頫《和姚子敬秋怀五首·其三》

诗愁

露洗银盘剑峰冷，霜雕枫叶九州幽。
闲云潭影眼前过，夜色星光镜里留。
寻古探源索佳句，感时悟道写春秋。
诗仙词圣今安在，回望文坛我辈羞。

醉翁（新韵）

雨散烟霏花隐现，波微水阔远山横。
湖光秀色醉游客，鸟影清流溢雅情。
月下吟哦话今古，杯中寻醉慰平生。
不倾权贵乐山水，诗酒癫狂孤傲翁。

闲愁

红衰翠减物华休，却为他因暂淹留。
枫叶峥嵘赢得爱，金英零落可怜秋。
星光竹月窗前影，瀑布松风山谷喉。
墨客酡颜弄诗句，大江东去泄闲愁。

注：

可怜秋，语出宋代高观国《生查子》。词中有"红叶可怜秋，不寄相思字"。

合道而为（新韵）

求本寻源忘吾在，未明就里事躬亲。
胸怀开阔识如海，内在丰盈情若春。
卧月忘机猴作客，餐霞饮露鹤为邻。
无忧无虑享当下，合道而为写古今。

诗肠索句

天碧风高春意足，江空夜静梦魂游。
先贤古墨韵犹在，后辈新诗绩咋求？
画意莺声富胸臆，春风词笔竞风流。
学诗谩有惊人句，寄与未来权作酬。

诗趣（新韵）

晴雪月明人赏景，桃枝风动似敲窗。
侧身天地观今古，搔首风尘鬓染霜。
一半勾留因景美，数年不改是情长。
木含秀气谷流霭，蝶梦迷晨春睡香。

墨客情

一

野禽占竹蝶寻花，墨客临轩试越茶。
万树群芳涵晓露，一泓碧水浸晴霞。
莺啼嫩柳蜂忙蜜，燕啄融泥鸳睡沙。
山色湖光妆亦县，春风词笔写中华。

注：

野禽占竹蝶寻花，化用了宋代文同："雨后双禽来占竹，秋深一蝶下寻花。"

临轩试越茶，语出宋代文同："唤人扫壁开吴画，留客临轩试越茶。"

春风词笔，春风般绚丽的辞采和文笔的意思。语出宋代姜夔《暗香·旧时月色》。

二

湖光山色胜吴画，墨客临轩试越茶。
碧落星辰映春水，银河仙浪洗金沙。
一帘红雨群芳谢，满眼清阴柳影斜。
诗酒纵横老来俏，春风词笔乐无涯。

注：

圣水：此处指及时雨。

银河仙浪洗胡沙，化用了辛弃疾的名句："要挽银河仙浪，西北洗胡沙。"此处表达诗人欲借天河之水绿化西北沙漠之情。

春醉写雅章

玉蕊轻明枝沁月，琼花摇影送芬芳。
垂杨拂绿嫩莺啭，细雨润春丝柳黄。
燕语呢喃春正醉，情肠景惹意飞飏。
诗书漫卷丰胸臆，琴鹤相随写雅章。

注：

玉蕊轻明，语出元好问《点绛唇》

忙里偷闲

一

轻烟漠漠丛峰秀，落照迟迟鸟语喧。
清气远山横翠霭，细云新月耿黄昏。
风生凉意琴三弄，月对芙蓉酒一樽。
忙里偷闲消日月，忘情忘我享乾坤。

注：

细云新月耿黄昏，语出陆游的名句："一首清诗记今夕，细云新月耿黄昏。"

二

树木丛生芳草茂，云端瀑挂笼轻烟。
谷中呖呖莺声翠，波底依依柳色鲜。
远黛空蒙星汉迥，月波流转水光迁。
寄情山水尚恬静，淡看虚名享自然。

注：

呖呖莺声，语出元代王实甫《幺篇》。

遨游今古（新韵）

蓼港环庐平野翠，芳园连际牡丹红。
幽怀常醉名川里，逸兴每萦心海中。
饲鹤调琴沐风月，泛舟垂钓赏芙蓉。
遨游今古丰胸臆，世事旁观其乐融。

注：
李白《飞龙引二首·其一》中有"遨游青天中，其乐不可言。"

竟夜觅佳句

浩淼烟波旷野秋，碧空如洗画屏收。
千峰叠翠松苍劲，万壑纵横水竞流。
山外青山遮望眼，雾中绿玉荡轻舟。
索居竟夜觅佳句，幽梦临轩忆旧游。

乐享当下

一

宠柳娇花醋品味，游山乐水享天年。
莺啼燕戏春光美，李白桃红野色鲜。
曲坞煎茶对樽酒，幽窗和月照无眠。
神闲气定享当下，花谢花开任自然。

注:

宋代徐宝之《莺啼序》中有"曲坞煎茶，小窗眠月"。

二（新韵）

银汉无波尘世远，九州有韵百芳生。
华山古月照今世，太液春风识古情。
难驻青春乐山水，易挥醉墨展文风。
惜福遵道乐当下，写志抒怀作钓翁。

注:

太液，古池名。唐太液池，在大明宫中含凉殿后，中有太液亭。

乐山水（新韵）

雨散烟霏花隐现，　波微水阔远山横。
湖光秀色醉游客，　鸟影疏枝溢雅情。
气暖风和景陶醉，　人闲心净意丰盈。
不倾权贵乐山水，　诗酒癫狂孤傲翁。

春风词笔

双燕嬉春晨起早，野莺弄曲晚来收。
索居竟夜觅佳句，醉袖临轩诗思悠。
智海潜修丰内在，博观约取写春秋。
景幽韵美人如醉，千古画屏风韵留。

雅趣（新韵）

醉卧慵思世俗事，闲来空望绕峰云。
枫红秋老层林染，岚霭迷空梦幻真。
风递幽香留客驻，禽窥素艳景迷人。
和诗饮酒共明月，裁赋挥毫写古今。

注：

禽窥素艳，语出唐末至五代时齐己《早梅》。

雅（新韵）

琴棋书画酒诗花，骚客文人沉醉她。
仕子儒商爱其美，寻常百姓慕其华。
爱山乐水惜当下，待月怀珠细品茶。
一种清孤镜中映，风情占尽赛朝霞。

注：

琴棋书画酒诗花，语出近现代王瑞甫《咏清闲自在》。

一种清孤，语出清代郑燮《山中雪后》。

论穷通

一

雅聚闲亭观月色，品茶饮酒论穷通。
流霞倾尽情犹在，明月西沉意未穷。
高柳疏枝丝袅袅，长条短叶翠濛濛。
道藏天地有形外，思入微茫幻化中。

注：

穷通：意思是困厄与显达，这里指国家与民族的兴衰。

流霞倾尽，语出北宋晁补之《洞仙歌·泗州中秋作》。流霞，指美酒。

长条短叶翠濛濛，引自明代夏元淳《一剪梅·咏柳》。

尾联化用了北宋程颢《秋日偶成二首》中的名句"道通天地有形外，思入风云变态中"。

二

浅酌低吟人未醉，徐添酒晕玉颜红。
流霞倾尽情难尽，醉语惊殊诗意隆。
激越壮怀歌岁月，怅然孤啸论穷通。
古今成败几多事，都在诗朋谈笑中。

老友聚

老友重逢心劲高，勾肩搭背话滔滔。
昔晨年少尚新异，今岁容衰怀旧骚。
换盏推杯情不尽，吟诗泼墨意贪饕。
惜缘惜福惜当下，游水登山善逸遨。

七

绝

雅趣

人闲山静桂花落，月出莺惊涧水流。
寻古探幽裁佳句，感时悟道写春秋。

墨客情

触秋韵不生悲感，望碧天看淡去留。
赏画屏诗写甘苦，抒情怀墨泼春秋。

诗肠索句

星稀月朗碧空静，鬓雪心高志未休。
梦逐潮声醒欲醉，诗肠索句解闲愁。

注：

梦逐潮声，语出宋代姜夔《玲珑四犯·越中岁暮闻箫鼓感怀》中的名句："酒醒明月下，梦逐潮声去。"

弄词赋

月明晴雪窗敲竹，梅影自摇风递香。
酒伴诗朋弄词赋，寻章摘句任疏狂。

注：

寻章摘句，语出中唐李贺《南园十三首·其六》中的名句："寻章摘句老雕虫，晓月当帘挂玉弓。"

醉秋

疏影横斜醉眼睁，烟波杳杳没孤鸿。
水澄波静涵佳岳，人与神州合一中。

探春

风熏细草月明沙，亦幻亦真鸥鹭家。
深树黄鹂鸣翠柳，闲窗三月绽桃花。

凭阑

凭阑俯视湖涵碧，鸥鹭闲眠莺哢声。
远眺重山诗意动，长吟旧句抒豪情。

注：

鸥鹭闲眠，语出北宋欧阳修《采桑子·天容水色西湖好》："天容
水色西湖好，云物俱鲜。鸥鹭闲眠，应惯寻常听管弦。"

月夜赏春

云闲月冷光柔润，浅杏深桃俏竞春。
画意诗情胸内荡，一声仙籁破尘心。

注：

浅杏深桃，语出北宋郭祥正《再和阮轩即事》："重山复岭争侵户，
浅杏深桃半出篱。"
一声仙籁破尘心，引自清代劳蓉君《闻南屏钟天大雨霈》。

赏春

迎目远山横翠霭，耳闻百舌啭佳音。
阵风吹落桃花瓣，坠露点醒忘我心。

渔歌唱晚

长堤春水似琼流，浅处桃溪不胜舟。
两岸青山如幻景，渔歌唱晚意难收。

注:

自盛唐王之涣《宴词》中有名句："莫听声声催去棹，桃溪浅处不胜舟。"

元代贯云石《【双调】蟾宫曲·竹风过雨新》中有"樵管惊秋，渔歌唱晚，淡月疏篁"这等美言。

游兴

一

苍壁紫苔横滴翠，莺声盈耳溢春娇。
餐风饮露享恬静，种月耕云诗意饶。

注：

宋代释正觉《心知庄求颂》中有："耕云种月自由人，田地分明契券真。"

二

绿荫春尽青桃小，沃野芳原诱惑多。
一寸狂心虽未说，娉婷顾盼影婆娑。

注：

尾联化用自北宋晏几道《六幺令 其一》："绿阴春尽，飞絮绕香阁。晚来翠眉宫样，巧把远山学。一寸狂心木说，已向横波觉。"
娉婷，佳人、美女。

游趣

露浓翠滴花娇嫩，日转影重流水潺。
宠柳娇花游兴足，乐山乐水享天年。

注：

日转影重，宋代赵昂《婆罗门引·暮霞照水》中有："十里锦丝步障，日转影重重。向楚天空迥，人立西风"这样的意境描写。

寻旧梦

云间征雁伴春归，落絮无风凝不飞。
贪向花间寻旧梦，潇湘烟翠淡云微。

注：

白居易《酬李二十侍郎》中有名句："残莺著雨慵休哢，落絮无风凝不飞。"

晨醉

一

晨照初临大地醒，朝烟承日漫飘零。
依依好梦晨光里，每每觉来惊画屏。

注:

朝烟承日，语出南梁萧纲《侍游新亭应令诗》："晓光浮野映，朝烟承日回。"

二

风细柳斜春未老，露浓水碧远山横。
依依好梦晨光里，每每惊醒怪早莺。

注:

苏轼《望江南·超然台作》中有："春未老，风细柳斜斜。"

三（新韵）

芳兰幽芷春思远，旭日晨辉梦幻真。
潭影涵空水天色，岚光浮翠醉吾心。

触景生情

竹影月移风拂柳，川光雾隐鸟啼杨。
轻霏弄晚情丝动，触景生情词影长。

注：

吴文英《瑞龙吟·德清清明竞渡》中有名句"澹阴送昼，轻霏弄晚。"
明代沈静专《鸳湖春日送别女伴之武林》中有名句"红翻词影花因瘦，
绿剪情丝柳亦愁"，尾联由此化用而出。
词影长，这里有诗意悠长的意思。

春醉

一

映水垂杨飘嫩绿，渔舟唱晚鹭鸶翩。
乱花飞絮醉襟惹，暖漏轻寒散翠烟。

注：
宋代万俟咏有"正轻寒轻暖漏永，半阴半晴云暮"。

二

月朗星稀晚风嫩，幽窗香径杏花飞。
红增绿涨春潮盛，笛弄清音梦幻归。

三

露重花红娇欲滴，草芳木绿笑盈盈。
诗肠竟夜觅佳句，醉袖临轩抒雅情。

四

燕嬉莺啭添春意，水碧山青溢雅情。
美景醉人人醉景，天人合一忘归程。

五

垂杨拂绿莺啼晓，水碧物华吾醉乡。

举目烟波春拍岸，回瞻台阁雨侵裳。

注：

宋代钱惟演《玉楼春·城上风光莺语乱》中有："城上风光莺语乱，城下烟波春拍岸。"

六

杏花含露团香雪，柳锁轻烟吐嫩黄。

燕语莺啼春正醉，情肠景惹意飞飏。

注：

杏花含露团香雪，语出唐代温庭筠《菩萨蛮·杏花含露团香雪》。原句为："杏花含露团香雪，绿杨陌上多离别。"

七

和风迟日闲登眺，暖律潜催独对吟。
秀色可餐惊俗目，诗情画意醉吾心。

注：

元代张碧山《【双调】锦上花·春游》中有："燕语莺啼，和风迟日。"
柳永《黄莺儿》中有："园林晴昼春谁主。暖律潜催，幽谷暄和，
黄鹂翩翩，乍迁芳树。"

八

满屏红雨桃花谢，一径清阴柳影斜。
醉卧春藤绿阴里，风微寒嫩忘年华。

醉写风流

鬓霜华不生悲感，雁影移偏识杪秋。
明霁色吟笺赋笔，沐晨辉醉写风流。

春醉（新韵）

玉软云娇春带雪，暗香浮动月黄昏。
豪歌纵饮琴三弄，醉墨抒怀酒几樽。

注：

首联从宋代赵鼎《蝶恋花·其一》中的"一朵江梅春带雪。玉软云娇，姑射肌肤洁。照影凌波微步怯。暗香浮动黄昏月"化用而来。

林逋《山园小梅二首·其一》有"疏影横斜水清浅，暗香浮动月黄昏"。

尾联从元代徐再思《普天乐·垂虹夜月》中的名句"酒一樽，琴三弄。唤起凌波仙人梦……"化用而出。

释闲愁

淡烟飘薄莺花老，云隐奇峰谷更幽。
雅阁藏春窗锁昼，瑶琴弄曲释闲愁。

注：

淡烟飘薄，语出柳永《女冠子·淡烟飘薄》。

浇愁

谷幽菊瘦霜天冷，雁远枫红野水秋。
心事杯浇事还在，醉酣忘却万年愁。

茶香

举头月上远烟淡，回望春归丝柳黄。
词圣东坡巡猎地，密州故里溢茶香。

注：

苏轼任职密州(今诸城)时，写过一首七律《祭常山回小猎》。附原诗：

青盖前头点皂旗，黄茅冈下出长围。
弄风骄马跑空立，趁兔苍鹰掠地飞。
回望白云生翠巘，归来红叶满征衣。
圣明若用西凉簿，白羽犹能效一挥。

游趣（新韵）

画意无穷山水娇，天涯浪迹领风骚。
餐风沐露鹤为伴，诗写人生情趣饶。

醉忘归

月弄清辉抬醉眼，茫然若失不知归。
唯闻舟上放歌女，袅袅婷婷影似飞。

注：

欧阳修《晚泊岳阳》中有"夜深江月弄清辉，水上人歌月下归；一
阕声长听不尽，轻舟短楫去如飞"。

最春枝

细雨晓莺柔柳丝，娇花嫩玉最春枝。
浓情画意讨人醉，翰墨龙蛇写古诗。

草芊芊

平野鹤鸣新月弯，长堤雨润草芊芊。
诗肠索句人陶醉，笔落墨飞成美篇。

垂钓

江上清风摆渡舟，钓钩不挂古今愁。
无荣无辱无官守，得净得闲得自由。

注：

无荣无辱无官守，语出元代佚名《杂剧·苏子瞻醉写赤壁赋》。

诗思沉浮

柳外黄鹂哗新曲，雅亭少俊合琴声。
朦胧山水红香艳，诗思沉浮今古行。

丝雨织乡愁

轻寒漠漠似穷秋，流水淡烟三楚悠。
若梦飞花随水去，无边丝雨织乡愁。

注：

无边丝雨织乡愁，化自宋秦观名句："无边丝雨细如愁。"

乡心迢递

燕忙莺懒柳花坠，绿涨春芜红变稀。
久困孤眠难入梦，乡心迢递泪粘衣。

注：

乡心迢递，语出宋代连文凤《湖上行春》。原句为："踏破六桥杨柳烟。乡心迢递怯啼鹃。"

征鸿远影

羁旅乡愁群动息，举杯月上树梢头。
征鸿远影碧空尽，唯剩余音脑际留。

夜话（新韵）

山间明月林梢挂，杏雨桃花染壁崖。
与友共说童趣事，夜莺伴奏享闲遐。

久违

交盖故乡春水边，对谈童趣夜无眠。
苍颜皓首情难忘，嬉戏音容似眼前。

论穷通

春酣一觉醒残醉，日落江花脱晚红。
再聚雅亭观月色，以茶代酒论穷通。

注:

江花脱晚红，语出王安石《江上》。原诗为："江水漾西风，江花
脱晚红。离情被横笛，吹过乱山东。"

对杯

江涵夏影山形异，与友对杯舟上归。
落日余辉酣畅洒，兼闻头顶燕莺飞。

学诗仙

浅醉闲眠山水间，寻章摘句学诗仙。
花开花谢流年度，信手拈来成美篇。

五

律

文趣

夜静露华凝，鹤鸣三两声。
抚琴望北斗，烹茗至深更。
香伴便风至，美从心底生。
心闲诗兴起，笔落好章成。

注：

人静露华凝，引自清代陈维崧《法驾导引·其三》。

品味生话

露滴花生艳，风斜柳吐金。
江空涵雨霁，叠嶂带云阴。
灵籁伴诗酒，画屏呈古今。
已无尘俗气，但有岁寒心。

注：

颔联引自清代王安修《游牛首·其二》。

灵籁：优美的音乐，或为自然的妙音。明代郭谏臣有诗云："灵籁
云中散，清泉石上听。"

乐活当下

一

枝头花蕾绽，叶底鸟啼春。
赏景闲情足，看花逸兴伸。
旧时无可虑，来日岁华新。
探险穷奇妙，读书求得真。

注：

来日岁华新，引自明代王称《除夕》。原句为："君恩何以报？来日岁华新。"

二（新韵）

黄昏幽谷静，向晚絮云萦。
半醉停杯望，孤吟对月烹。
山花自春色，开落任东风。
挥笔写词赋，情真灵感生。

注：

唐李德裕《故人寄茶》中有："半夜邀僧至，孤吟对竹烹。"
颈联化用自北宋陈世卿《游黄杨岩》："深山自春色，芳草不凋绿。"

寻旧句（新韵）

万绿千红处，群芳竞艳姿。
嫩黄拂碧水，翠鸟度高枝。
晨景招吾恋，春光惹尔痴。
吟肠寻旧句，落笔就新诗。

注：

吟肠，语出名句"逋仙冻欲僵，春色恼吟肠。"（逋仙指宋代林逋，他终生未娶，种梅养鹤以自娱，人谓之"梅妻鹤子"，后世常以"逋仙"称誉之。）

题诗弄赋

风拂衣衫舞，山遥翠黛幽。

云涛连晓雾，岚气汇清流。

眺迥观苍海，登高揽九州。

题诗浓岁月，弄赋醉春秋。

享自然

迎目叠翡翠，楚天风物幽。
餐霞乐山水，饮露伴沙鸥。
风嫩苍松古，红稀绿叶稠。
湖光荡春意，山色洗闲愁。

注：

首联首句三仄尾由对句拗救。此种情况下的三仄尾并不出律。即在仄仄平平仄，平平仄仄平格式中，若第三字用了仄声（或第三、四字都用了仄声），则将对句第三字的仄声字改用平声进行拗救。

依据王力《诗词格律》，目前软件检测不准。以下三仄尾的拗救同此，不再一一说明。"

疏懒与清狂

千山眉黛扫，绿意涨田畴。
风起春波皱，心随景物悠。
吟情付湘水，心事许沙鸥。
疏懒循故性，清狂销客愁。

注：

千山眉黛扫，语出北宋晏殊《清平乐·春花秋草》："春花秋草，只是催人老。总把千山眉黛扫 未抵别愁多少？……"

明代康海《送大理西勘》有："疏懒循故性，竟志纫山荪。感君缱绻意，幡然谢前闻。"

醉吟（新韵）

柔风拂嫩柳，新月吐蛾眉。

晨起春醪困，情从醉里回。

诗肠索旧句，快意写心扉。

忍把浮名弃，平生文梦追。

注：

柔风拂柳条，语出北宋释德洪《题黄山壁》。

新月吐蛾眉，语出中唐王涯《秋思赠远二首 其一》。

情从醉里回，化用自宋田为《南柯子／南歌子 其一 春景》

墨客情

莺啼潜入梦，泉响最佳音。
露湿花争艳，风斜柳吐金。
题诗情似海，弄句句惊心。
淡看虚名利，挥毫写古今。

诗思（新韵）

淡烟笼远径，春雨浥轻尘。
露重花争艳，风斜柳吐金。
春来多胜事，莺啭最佳音。
画意闲中写，诗思醉里寻。

求真（新韵）

红杏光浮水，黄莺声润春。

胸中藏世界，笔底写乾坤。

固守本来意，永存初始心。

求真常忘我，忧道胜忧贫。

注：

首联从清姚庆恩《许州题壁》句"黄莺一声春无涯"化用而来。

颔联从宋末元初吴龙翰的名句"只从笔底转乾坤"化用而来。

诗吟（新韵）

水光浮紫翠，山色染青红。
林密溪没迹，谷幽莺隐踪。
登高遣胸臆，举步涉虚空。
赏景风波里，吟诗烟雨中。

春韵

柳色绿侵江，回眸青黛光。
蝉鸣尘世外，蝶梦水云乡。
石径有幽事，兰花溢妙香。
心中荡旧句，笔底淌佳章。

注：

柳色绿侵江，语出唐李商隐《巴江柳》。

蝶梦水云乡，语出南宋张孝祥《水调歌头 其三 泛湘江》。

俏天年（新韵）

峰翠云霞暖，石平堪醉眠。
谷幽花木茂，溪碧水流潺。
挥手招农叟，抚琴和咽泉。
德馨长岁月，心正俏天年。

学年少

镜色半湖碎，渔舟荡晚秋。
烟波荡江海，鸥鹭宿汀州。
极目楚天外，眺望湘水悠。
偷闲学年少，仿古弄风流。

忘归程（新韵）

山里枫叶醉，云间征雁鸣。
远峰托落日，近树隐啼莺。
烟翠三秋色，江流万古情。
夜寒珠露坠，心静忘归程。

游兴

风冷罗裙皱，遥山翠黛幽。
云涛连晓雾，幽谷汇清流。
霭霭岚中树，亭亭云上楼。
诗情胸内荡，画意笔来收。

春醉（新韵）

山重叠翡翠，泉碧坠琼浆。
卉木蘸朝露，柔风递暗香。
晴花侵碧水，画意荡情肠。
逸气轩眉宇，闲吟沐晓光。

注：
黄庭坚有句："石屏重叠翡翠玉，莲荡宛转芙蓉城。"

情随景动

垂柳随风舞，夭桃蘸水开。
闲愁数声叹，轻酌半红腮。
雁引愁心去，山衔好月来。
诗情随景动，笔落孰堪猜。

注：

"雁引愁心去，山衔好月来。"语出李白《与夏十二登岳阳楼》。
原诗为：

> 楼观岳阳尽，川迥洞庭开。
>
> 雁引愁心去，山衔好月来。
>
> 云间连下榻，天上接行杯。
>
> 醉后凉风起，吹人舞袖回。

春事醉人

风嫩远烟淡，气融丝柳黄。
云霞妆秀色，蜂蝶慕幽香。
岸叠三春景，人迷四野光。
闲游赏春事，美景醉诗肠。

注:

蜂蝶慕幽香，语出北宋贺铸《踏莎行七首·其四·芳心苦》。

诗酒趁年华（新韵）

月落夜莺静，风生爽籁发。
山空泉带雨，天净水明霞。
垂柳映澄碧，云烟暗百花。
江湖留浪漫，尘外忘年华。

注:

唐王勃《滕王阁序》中有："爽籁发而清风生，纤歌凝而白云遏。"

浪漫

岚霭映澄碧，溪云笼菊花。
山空泉带雨，天净水明霞。
景美人陶醉，径迷举步嗟。
生如驹过隙，诗酒趁年华。

注：

天净水明霞，引自宋叶梦得《水调歌头 其七》"徙倚望沧海，天
净水明霞。"

楚山醉（新韵）

幽谷百芳笑，平沙溪水潺。
夜寒珠露坠，鹤睡玉蟾悬。
旧句胸中荡，诗情心底燃。
楚山游客醉，未酒面酡颜。

笑醉翁

山花自然发，开落任东风。
举目晨辉里，闲游碧海中。
云烟锁幽谷，晴碧翠天宫。
野叟弄词赋，村姑笑醉翁。

注：

开落任东风，语出宋吕本中《木芙蓉》中句："犹胜无言旧桃李，一生开落任东风。"

美景催诗

一

夜静露珠凝，莺啼三两声。
湖明镜春色，山秀画屏横。
香伴便风至，美从心底生。
思量止难住，佳句梦中成。

二（新韵）

雾霏晴亦雨，幽谷夜还风。
花绽暗香浸，月出栖鸟惊。
苍穹涵万象，碧水映春情。
梦幻难分辨，佳章醉里成。

诗兴

垂杨飘嫩绿，春色醉仙桃。
物景镜中看，风光分外娇。
歌声传妙意，笑靥透娇娆。
吟兴胸中起，毫挥就楚骚。

注:

春色醉仙桃，语出杜甫《奉和贾至舍人早朝大明宫》中的名句:"五夜漏声催晓箭，九重春色醉仙桃。"

淌新章

山色叠翡翠，水光涵艳阳。
夜莺啼晓梦，桃李弄晨光。
楚楚动人女，依依俊俏郎。
胸中荡旧句，笔底淌新章。

吟情画意

一（新韵）

山容浮紫翠，柳色绿侵江。
白鹭岸边立，流莺过短墙。
春云覆幽谷，夕照静年芳。
醉赏水山色，吟随青黛光。

注：

山容浮紫翠，语出明代吴山《广信南山寺宴集和周行之韵》："山容浮紫翠，林影乱青红。"

柳色绿侵江，语出李商隐《巴江柳》："巴江可惜柳，柳色绿侵江。"

流莺过短墙，语出唐末·郑谷《燕》中句："千言万语无人会，又逐流莺过短墙。"

二（新韵）

后壁屏风绿，前川瀑布横。
清溪绕山转，幽谷抱千峰。
香伴便风至，美从轻霭生。
吟诗歌岁月，含笑坐东风。

注：

幽谷抱千峰，语出欧阳修《忆滁州幽谷》中的名句："滁南幽谷抱
千峰，高下山花远近红。"

含笑坐东风，引自清蒋士铨《水调歌头·舟次感成》。

三（新韵）

青山环绿水，幽谷抱千峰。
后壁屏风绿，前川瀑布横。
野花随处见，开落任东风。
挥笔写春色，情真灵感生。

注：

二、三两首诗，只有些微差异，韵味有所不同。

赏春

月上远烟淡，春归丝柳黄。
朝闻群鸟哗，夕嗅百花香。
静听风吹雨，卧看云吐阳。
心随物华动，情伴意飞扬。

弄闲（新韵）

夜寒珠露坠，晓霁月痕轻。

日上林霏散，云归幽谷暝。

合一无我在，空寂有诗情。

含笑东风里，弄闲鸥鹭惊。

注：

日上林霏散，自明董纪《早归》中句："曈昽旭日散林霏"化用而出。

司马光有《晓霁》诗："梦觉繁声绝，林光透隙来。开门惊乌鸟，余滴堕苍苔。"

夜吟（新韵）

天水共一色，涵虚混太清。
山空星汉迥，夜静近花明。
痛饮谁惜醉，狂歌更有情。
梦魂天外荡，佳句笔端生。

注：

涵虚混太清，语出孟浩然《望洞庭湖赠张丞相》。

痛饮谁惜醉，引自明林大春《忆昔》。原句是："痛饮谁能醉，清量江海宽。"

醉景

一

水光浮紫翠，山色染青红。
鸟啭清溪底，鱼翔晴碧中。
频惊神造化，常骇意虚空。
诗句笔端淌，遐思醉里冲。

注：

水光浮紫翠，语出宋曾巩《甘露寺多景楼》句："云乱水光浮紫翠，天含山气入青红。"

二（新韵）

云卧品清霄，春酣醉碧桃。
晴岚添雅趣，卉木竞妖娆。
景美身心爽，韵浓花色娇。
诗仙书不尽，赤县万般骚。

注：

南宋释行海《湖上怀周汶阳》中有句："谁伴春风醉碧桃。"

三（新韵）

风和飘嫩柳，露重润春娇。
云气嘘青壁，霞光撒碧霄。
泛舟春拍拍，回看乐陶陶。
景醉梦思重，人迷诗意饶。

注：

云气嘘青壁，语出杜甫《禹庙》。原句是："云气嘘青壁，江声走白沙。"迫迫，充满的意思。 春拍拍，春光满眼的意思。宋代范成大《玉楼春词》中有"云横水绕芳尘陌，一万重花春拍拍"这样的美句。

四

朝阳铺水中，瑟瑟半江红。
衣点杏花雨，面吹杨柳风。
景佳怡墨客，韵美醉仙翁。
兴发情难已，诗成意未穷。

注：

首联化用了唐白居易《暮江吟》中名句："一道残阳铺水中，半江瑟瑟半江红。"
颔联从宋释志的名句"沾衣欲湿杏花雨，吹面不寒杨柳风"化用而来。

日日新（新韵）

林深幽谷静，树古远俗尘。
赏景闲情动，观花老眼昏。
玉壶凉世界，词笔写乾坤。
弃日何需虑，风光日日新。

注:

冰壶凉世界，语出辛弃疾《满江红·其四·中秋寄远》。原句是:"谁做冰壶凉世界，最怜玉斧修时节。"

风光日日新，引自白居易《晚归早出》。原句是:"筋力年年减，风光日日新。"

处处诗（新韵）

峰高山色秀，幽谷沐晨曦。
深树隐岩影，黄鹂闹嫩枝。
鸣泉常洗耳，空翠偶沾衣。
举目时时景，回头处处诗。

注：

空翠偶沾衣，引自清戴亨《过金鱼池·其四》。原句是："清风时
拂座，空翠偶沾衣。"

赏景（新韵）

苍烟落照迁，尘事不相关。
独步穿竹径，依石赏秀山。
临窗纵豪兴，把酒赋诗篇。
雪霁剑峰美，夕阳染碧天。

注：

首联化用陆游《鹧鸪天·家住苍烟落照间》中句意："家住苍烟落照间，丝毫尘事不相关"。

梦拜诗仙

解卷弄吴曲，开怀咏楚辞。

樽前歌岁月，梦里拜仙师。

月坠星河转，颜酡诗思痴。

狂来轻世界，醉里得真知。

注：

首联化用明代王世贞诗句，"才闻吴曲奏云和，忽倚征帆唱楚歌"。

尾联引自唐代钱起《送外甥怀素上人归乡侍奉》。

乡愁

荒径虫鸣急，疏林噪晚鸦。
扬鞭回故里，宿醉困流霞。
池上枯荷举，镜中双鬓花。
孑然吟望久，母去咋寻家。

注：

首联从李商隐《归来》中的名句化用而出。原句是："草径虫鸣急，
沙渠水下迟。"

心事

唧唧寒蛩闹，疏萤点点流。
遥思深巷月，暗念故园秋。
盈耳风欺竹，沾唇酒惹愁。
吟情付湘水，心事许沙鸥。

注：

元余阙《拟古·其二》有"唧唧寒蛩悲"句。

故园秋

儿时深巷月，脑海故园秋。
昔日盈盈水，今时渺渺愁。
踯躅心已碎，未语泪先流。
梦里音容在，望中情咋酬？

贺同学再添将星

军中出帅哥，火大将星多。
武德合民意，长缨降恶魔。
护航华夏路，保卫我山河。
国泰民安逸，神州奏凯歌。

对酒（新韵）

春溜隔窗响，修竹绕舍环。
岚凝锁岩窦，峰剑入云端。
流霭嘘青壁，悬泉腾淡烟。
题诗沉醉里，对酒画屏间。

注：

春溜隔窗响，化用了白居易《溪中早春》中的名句"春溜含新碧"。

乡愁（排律）

飞雪舞梨花，疏林噪晚鸦。
扬鞭回故里，宿醉困流霞。
密洒山河白，径迷举步嗟。
愁眉蹙难展，热泪溜哗哗。
父母音容在，而今哪有家？

注：

疏林噪晚鸦，语出元关汉卿《【双调】大德歌·其五》

五

绝

醉春

日暖光如泼，风微花木欣。
遥瞻美无际，末酒醉醺醺。

注：

光如泼，语出陆游《喜雨》中的"桑麻郁千里，夹道光如泼"句。

咏春

老鱼闲吐浪，桃杏蕾藏红。
鸟啭入梦里，青山诗意中。

酣睡

风动花移影，山空江水声。
心闲酣梦足，睡重不闻莺。

注：

睡重不闻莺，语出北苏轼《浣溪沙·春情》："彩索身轻长趁燕，
红窗睡重不闻莺。"

梦境

风来香暗递，云湿蝶盘空。
梦境瑶池现，诗情酣睡中。

春梦

春睡不知晓，幽窗雨意侵。
鸟鸣声入梦，景幻美惊心。

酣梦惊（新韵）

啼鸟惊酣梦，晓檐疏雨零。
依阑赏春色，桃李笑东风。

注：

唐杜审言《杂曲歌辞·妾薄命》中有："啼鸟惊残梦。"
桃李笑东风，语出明代邵宝《蝶恋花·其三》。

春游

举目晨光里，凭阑明月中。
春游斗词赋，野老笑诗翁。

踏春

鹭鸶飞始见，鹦鹉语方知。
赏景选时节，作词趁兴时。

赏春

桃李含朝雨，黄鹂哳早春。
闲亭孑然处，举目鹤为邻。

咏春

山容浮紫翠，柳色绿侵江。
倚石赏秀色，傍溪闻暗香。

似梦非梦

画桥流水东，新月挂梧桐。
鸟啭入梦里，青山诗意中。

醉秋（新韵）

一树感秋韵，千峰霜叶丹。
人迷无我在，景醉赋新篇。

注：

千峰秋叶丹，语出明代戚继光《望阙台》："繁霜尽是心头血，洒向千峰秋叶丹。"

花解语

月上远烟淡，春归丝柳黄。
娇羞花解语，自爱玉生香。

注:

娇羞花解语，引自元代王实甫《杂剧·崔莺莺待月西厢记·张君瑞闹道场（第一本）》。

赞诗仙

豪气凌天外，诗肠浸酒中。
千杯人不醉，笔落起雄风。

注:

宋黄静淑《忆江南》有"鲁酒千杯人不醉，臂鹰健卒马如飞"句。

晨吟（新韵）

流霭嘘青壁，莺歌荡碧川。
诗情沉醉里，吟诵画屏间。

游兴（新韵）

沙浅翘白鹭，春归闻旅鸿。
神游尘世外，兴在诗思中。

趁年华

垂柳映澄水，流岚暗百花。
风骚伴春色，诗酒趁年华。

春夜吟

桃李夜不寐，分芳怡醉翁。
吟诗歌岁月，含笑坐东风。

春吟

一

阳春桃李笑，月夜古今同。
赏景风波里，吟诗烟雨中。

二（新韵）

鸣鹂惊晓梦，舞柳惹风骚。
景醉豪情起，笔挥诗意娇。

春风吹绽女儿心

山色悦鸟性，琴诗传妙音。
春风解人意，吹绽女儿心。

荷风竹露

竹露滴清响，开轩乘晚凉。
韵佳诗意动，挥笔墨飘香。

夏夜抒怀（新韵）

月映澄湖碧，莺歌夜曲闲。
寻幽喜杯酒，乘醉赋诗篇。

注：

乘醉赋长篇，引自清代郭麟《水调歌头·望湖楼》中句："又问琼楼玉宇，能否羽衣吹笛，乘醉赋长篇。"

乐享当下

碧水涵秋镜，蓝天衬晚霞。
带霜烹紫蟹，和露摘黄花。

注：

尾联化用马致远《离亭宴煞》中"爱秋来那些：和露摘黄花，带霜烹紫蟹，煮酒烧红叶"句意。

诗吟（新韵）

绿浓丝雨细，池碧小荷新。
晨醉因山美，诗吟忘日曛。

注：

日曛，指日色昏黄时。

共自然

老鱼嬉碧水，鸥鹭弄汀州。
人与自然共，何谈愁与忧。

享当下

麋鹿眠芳草，山猴嬉野花。
荫浓遮烈日，心静啜茗茶。

风物悠

烟波荡江海，山暗锁清秋。
人与自然共，心随风物悠。

偷闲

疏懒循故性，佯狂销客愁。
偷闲学年少，仿古弄风流。

注：

明代康海《送大理西勘》中有："疏懒循故性，竟志纫山荪。感君缱绻意，幡然谢前闻。"

相由心生

浓荫遮烈日，树下品春茶。
心正双眸瞭，身修气自华。

物我合一

云气嘘青壁，岚光罩翠烟。
心同流水净，身似碧云闲。

注：

杜甫《禹庙》中有："云气嘘青壁，江声走白沙。"

明代高攀龙《枕石》中有"心同流水净，身与白云轻"这样的意境。

忘我

展眼闲亭外，凭阑明月中。
旷然无我在，万古一虚空。

注：

万古一虚空，语出陆游《浮世》："百年均梦寐，万古一虚空。"

情怀（新韵）

笔砚琴书伴，风花雪月吟。
赋诗痴似醉，忧道胜忧贫。

闲吟客

浓情观日月，快意享青春。
常作闲吟客，羞为窃禄人。

雅趣

忧喜皆心火，荣枯过眼云。
远离尘俗事，常被谪仙醺。

文梦（新韵）

霜天红烂漫，秋韵动心扉。
淡看虚名利，平生文梦追。

逃禅

佯狂浑似醉，闲卧漫逃禅。

宠辱置之外，逍遥不记年。

注:

逍遥不记年，语出李白《寻雍尊师隐居》。

独钓

浮云看富贵，修竹傲霜姿。

不羡群酣夜，钟情独钓时。

注:

浮云看富贵，语出明代刘基《题太公钓渭图》。

乡愁

江空云漠漠，林老冷飕飕。
独步闻征雁，雨丝细如愁。

注：

江空云漠漠，语出元末明初李崇仁的五排律。

远别

举目苍山远，回瞻白屋贫。
依依吟望久，远别念娘亲。

触景生情

犬吠参差起，诗翁自在游。
痴闻暮归曲，迢递动乡愁。

归心似箭（新韵）

月明山谷暗，夜静雁声稀。
策马柳堤上，飞霜上鬓丝。

晨归（新韵）

念母似成痴，初莺早雁知。
扬鞭归故里，空翠点征衣。

注：

初莺，借喻春暮之时。早雁，借指秋末之日。

初莺早雁知。意思是春去秋来，无日不成思。化用了清代纳兰性德的《临江仙·寄严荪友》句："别后闲情何所寄，初莺早雁相思。如今憔悴异当时，飘零心事，残月落花知。"

故园追忆

——双亲乘鹤西去十年，重归故土，感慨良多，万语难诉，以诗记之。

儿时深巷月，脑海故园秋。
今日无寻处，唯留缕缕愁。

残春醉

——为怀念慈父仙去十载而作

花尽杏青点，春残孤月明。
醉吟宽别恨，暂忘断肠情。

注：

北宋晏殊《浣溪沙 其十一》中有："只有醉吟宽别恨，不须朝暮促归程。雨条烟叶系人情。"

交情

寒林栖鸟静，明月照霜空。
世态半生悟，交情片语中。

注：

元代吴澄《送富州尹刘秉彝如京》："别意万里外，交情片语中。自怜栖病鹤，不得逐长风。"

交友

世态半生悟，交情片语中。
既然频有异，何必去求同。

偶遇（新韵）

三月百花笑，风和卉木荣。
踏青逢旧友，诗酒论英雄。

诗会

群贤同聚首，一饮尽千钟。
洒醉清宵半，情酣意未穷。

注：

一饮尽千钟，语出元代萨都剌《木兰花慢·彭城怀古》中句："人
生百年如寄，且开怀，一饮尽千钟。"

忘机友（仄韵诗）

湖海一诗人，烟波三钓叟。
虽非刎颈交，却是忘机友。

注：

元白朴《沉醉东风·渔夫》中有句："虽无刎颈交，却有忘机友……"

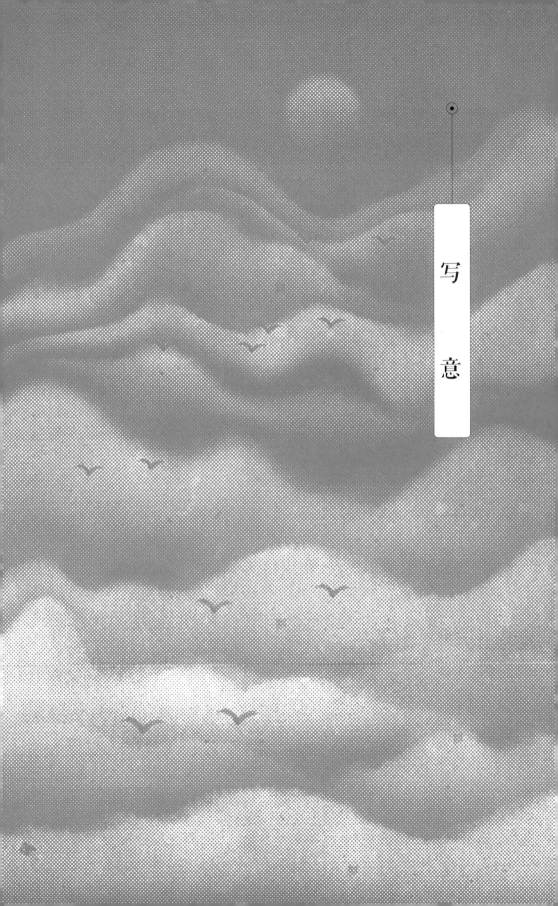

写

意

七

律

咏春

雨霁天高旭日升，云蒸霞蔚百芳萌。
杏花疏雨柔风嫩，山色湖光瑞气盈。
枝上黄鹂歌巧曲，岸边倩女弄柔情。
韵佳景美文思动，笔落龙行好句成。

注：

欧阳修《踏莎行·雨霁风光》中有："雨霁风光，春分天气，千花百卉争明媚。"

明代沈宜修《忆王孙·天涯随梦草青青》中有妙语："天涯随梦草青青，柳色遥遮长短亭。枝上黄鹂怨落英，远山横，不尽飞云自在行。"

夏趣

云收雨退晴方好，缥缈楼台沐软风。

荷叠青钱碧波上，莲开玉蕊晓光中。

蜻蜓点水乐无尽，鸥鹭忘机趣不穷。

莺燕呢喃如梦里，赏花索句醉诗翁。

注：

明代高濂《浣溪沙·其一·送春》中有"荷叠青钱柳脱绵"这等美语。

赏秋

千里飞霜飘落叶，层林尽染彩霓浓。

登高举目观秋色，眺迥穷源瞰巨龙。

奇石轻敲探究竟，朝阳独对赏山容。

忘情忘我享当下，诗思浮沉梦幻重。

揽胜（新韵）

天淡云轻豪爽日，诗翁醉袖抚危阑。
三峡波浪古今响，楚地楼台无有间。
眺迥青青峰敛雾，回眸澹澹谷生烟。
寄情山水尚恬静，物我合一享自然。

吹梦入华年（新韵）

烟横湖阔银河落，天澹星稀玉兔圆。
岚霭夜凝云聚散，流泉幽咽鸟间关。
浓光浸绿千岁小，忘我忘忧同鹿眠。
未雨和风飘坠露，几番吹梦入华年。

注：

天澹星稀：语出五代牛希济《生查子·春山烟欲收》中的名句："春山烟欲收，天澹星稀小。"，

"几番吹梦入华年"，化用宋代周密《献仙音·吊雪香亭梅》中的"问东风、几番吹梦，应惯识、当年翠屏金辇"句而成。

"千岁小"与"同鹿眠"都指乐活当下的情绪状态，属宽对的一种，类似于"三十一年"对"落花时节"。

睹物生情

浮野晨光醒大地，承阳轻雾艳神州。
溢香卉木绽随意，秀衣黄鹂乐忘羞。
峰剑崖奇经岁月，物华水美荡闲愁。
凭栏览胜意难尽，睹物生情好句留。

花树扶疏

雨散烟霏花隐现，波微水阔远山横。
湖光秀色孕佳句，鸟影清流溢雅情。
月下吟哦忘忧物，窗前眺赏醉平生。
朦胧山水红香艳，花树扶疏梦幻盈。

仙姝临凡

婷婷玉立婵娟貌，婀娜多姿屏动人。
歌送激情花朵笑，声传爱意碧湖春。
盈盈美目容销骨，翼翼柔情蝶化身。
莫说凡间少仙女，若临此境梦成真。

注：

翼翼，恭敬谨慎貌。

盈盈，清澈貌；晶莹貌。

睡意盈

舟上佳人怀旧事，岸边少俊动幽情。
梦魂摇曳晴岚里，诗思沉浮今古行。
翠叶藏莺莺未见，朱帘隔燕燕声声。
桐阴转午风敲竹，懒倚慵思睡意盈。

黄山游记

崖陡瀑喧虹霓生，倾云流蔼翠屏横。
岫奇石怪鸟声碎，风嫩花娇珠露莹。
美景佳图呈典故，醉心痴意涌诗情。
借来太白三分智，挥笔龙飞似典成。

九寨沟游记

石怪岩巉林窈蔚，山高形异势崔嵬。
涧幽水碧鱼翔底，林老岚笼树布苔。
景秀地偏人罕至，情真意切乐忘回。
天人合一享当下，修性怡情禅作媒。

注：

窈蔚，幽深繁茂。刘禹锡《楚望赋》有"出云见怪，窈蔚森耸……"

崔嵬，高耸貌；高大貌。李白《剑阁赋》中有"见云峰之崔嵬"句。

三峡游记

两岸连山无缺处，蛇行斗折雾岚萦。
犬牙差互悬崖陡，翠蔓参差黄鸟鸣。
笛弄清音回客梦，琴流浓意诉幽情。
遥峰妩媚美难语，近水澄明娇易惊。

江上

岚霭回岩河九曲，孤帆鹤影沐朝霞。
林丰叶润啼莺啭，雨霁风微流水哗。
度曲吟诗赏佳景，游山玩水乐天涯。
忽闻耳畔歌飞越，回首渔翁鬓已华。

庐山美景

雾漫霭流千嶂暗，谷幽石怪翠屏横。
含烟桃李妆朝日，带露芝兰娇晓晴。
雅赏鸳鸯秀恩爱，闲听燕鹊哢新声。
三春美景浓游兴，忘我忘年忘返程。

注：
霭，云气

漓江泛舟

轻舟泛碧寻溪转，落日明沙天倒开。
新绽桃花蜂蝶舞，乍迁幽谷燕莺猜。
丛峰清瘦排云立，流霭有无迎面来。
画意诗情胸内荡，梦游紫府览丹台。

注:

紫府、丹台，都指仙人的居处。

春醉（排律）

花香风嫩宿鸟静，天好月凉寰宇幽。
群燕嬉春晨起早，野莺弄曲晚来收。
星空仙鹤窗前影，瀑布闲云梦里悠。
湿翠醉红坡似染，山光浮绿霭岚流。
景幽韵美人如醉，回望峥嵘岁月稠。

七

绝

享当下

柳外轻雷池上雨，雨声淅沥点斑斑。
心无旁骛享当下，濡迹奇峰秀水间。

注：

柳外轻雷池上雨，语出欧阳修《临江仙·柳外轻雷池上雨》。

濡迹：湿足的意思。濡，沾湿。魏晋陆机有诗云："念君久不归，
濡迹涉江湘。"

享闲遐

山衔落日曲阑斜，笛弄清新飘万家。
饲鹤调琴弄诗句，沐风餐露享年华。

春思远

以下三首有一联完全相同，但三首的的意境却各有特色。故一并刊出，由读者品评。

一

芳兰幽芷春思远，冷竹寒烟画意真。
放纵闲情歌岁月，诗词国度觅青春。

二

捲幔长吟偏有兴，倚阑凝望净无尘。
芳兰幽芷春思远，冷竹寒烟画意真。

三

芳兰幽芷春思远，冷竹寒烟梦幻真。
信步闲庭诗画意，寻章神遇数仙人。

品茶

壶内翘英窗外花，画眉唱晚峡披纱。
景仙人醉情难已，笔落诗成破艺涯。

注：

破艺涯：实现了艺术上的突破。

春风词笔

一钩新月风牵影，星翰无垠岁月华。
画意诗情胸内荡，春风词笔乐无涯。

注：

一钩新月风牵影，语出明沈周《栀子花诗》。

春风词笔，语出南宋姜夔《暗香·旧时月色》。

闲凭佳句

贪看征雁略空过，又赏黄莺唤晓阳。
赋笔吟笺写山水，闲凭佳句阔胸膛。

乐山水

不屑营营乐山水，和诗饮酒阔胸膛。
知明行笃传家远，冲淡平和福运长。

雨前（新韵）

萧萧轻风送嫩寒，露华斜坠弄衣衫。
溪云乍起斑斑雨，春色连波墨客闲。

注：

宋王安石《值夜》中有："金炉香烬漏声残，萧萧轻风阵阵寒。"

夜话爱逃禅

慵窥往事情肠惹，闲对沙鸥枕手眠。
杨柳涵烟垂嫩绿，雨窗夜话爱逃禅。

注：

闲对沙鸥枕手眠，语出清代陶元藻《采桑子·桐庐舟中》。
逃禅，逃于禅。

醉海棠

鹤梦晚凉情幻化，茧丝新嫩织仙裳。

东风困倚海棠醉，搓粉玉圆兰溢香。

注：

鹤梦，指超凡脱俗的向往。 唐代司空图《与李生论诗书》中有"地凉清鹤梦，林静肃僧仪" 这样的妙语。

尾联化用了欧阳修《阮郎归》中名句："浓香搓粉细腰肢"的意境。

鸳鸯戏水

山水好音盈耳畔，鸳鸯交颈爱融融。

浓浓情意卿卿我，恻恻轻寒翦翦风。

注：

恻恻轻寒翦翦风，语出唐末韩偓《夜深》。

春眠（新韵）

语燕呢喃晨睡酣，声声入耳伴春眠。
心无杂念身心爽，杏雨桃花梦里闲。

舞腰轻

天蓝烟淡柳青青，翠拂衣衫闻早莺。
举目河边放歌女，娉婷袅娜舞腰轻。

醉秋

轻烟漠漠一峰峻，夕照融融众壑深。
木落风高诗意足，江空夜静醉吾心。

秋声

峰衔落日溪桥冷，笛弄晚声杨柳新。
月破黄昏栖鸟静，风敲翠竹远红尘。

忘归家

西风泼眼山如醉，红柿缀枝枫若霞。
谷静山空莺巧啾，凭栏赏景忘归家。

注：

西风泼眼山如醉，化用了元代张可久《风入松·九日》中的名句："西风泼眼山如画，有黄花休恨无钱。"

诗意翁

凉冷秋情诗意翁，卧迟睡美雨声中。
晓晴懒起金英绽，日暮闲游霜叶红。

注：

卧迟睡美雨声中，从白居易的名句"卧迟灯灭后，睡美雨声中"化用而来。

闲游

贪看雁形天上摆，未知野兔到篱前。
慵窥往事情肠惹，闲对沙鸥枕手眠。

注：

闲对沙鸥枕手眠，语出清代陶元藻《采桑子·桐庐舟中》。

采菊东篱下

采菊东篱风落帽，谩嗟荣辱夕阳中。
秋酣一觉醒残醉，口落江花脱晚红。

醉袖迎风（新韵）

峭壁雾遮情梦幻，一轮飞镜照乾坤。
江空岁晚倚阑望，醉袖迎风梦幻真。

江上赏秋

谷幽山醉雁声多，烟雨空濛暗自波。
江上乘船赏秋景，吟诗作赋听渔歌。

日暮闲游

凉冷秋深一老翁，卧迟睡美雨声中。
晓晴寒起九华绽，日暮闲游霜叶红。

注：

卧迟，睡的晚的意思。

九华，重九之花，指菊花。

赏秋

闲云潭影日悠悠，独坐闲亭赏素秋。
待月池台空逝水，新诗旧梦笔端流。

注：

闲云潭影日悠悠，语出王勃《滕王阁》。

待月池台空逝水，语出五代李煜《浣溪沙·转烛飘蓬一梦归》："待
月池台空逝水，荫花楼阁漫斜晖，登临不惜更沾衣。"

竹敲秋韵

风摇翠竹敲秋韵，湖映秀峰妆夜华。
饮露餐风乐山水，耕云种月享流霞。

注：

夜华，夜景。

耕云种月，语出宋代释正觉《心知庄求颂》。意思是穿云度月，没白没黑的游山乐水。

享流霞，即可指享受朝晚霞的大美之景，也可指享受美酒的醇香。因为流霞也常指美酒。

醉袖抚危阑（新韵）

一江烟水照晴岚，万里云山杳霭间。
白草黄沙鸿雁过，诗翁醉袖抚危阑。

注：

一江烟水照晴岚，为元代张养浩《水仙子·咏江南》中的名句。

人醉秋

独立苍台赏菊枫，菊黄枫醉妙无穷。
谁言秋色不胜美，我感九和仙景中。

注：

九和，指秋天。

雨中赏春

湿云不动溪桥远，雨细风微飞燕斜。
度步岸边行复歇，惬听鸟语暗看花。

注：

湿云不动溪桥远，化自苏轼《菩萨蛮·湿云不动溪桥冷》。

赏春

莺啼燕语春正醉，碧水清流漱玉沙。
俊少垂杨影中立，出墙红杏雨余花。

春夜赏景（新韵）

丝丝霏雾送凉意，片片飞花弄晚晴。
潮落潮生春几度，月波似水夜寒凝。

把酒临风

芳草连天迷远道，野花匝地溢幽香。
闲亭月影春光里，把酒临风诗意扬。

酣眠（新韵）

云微日旭石阶静，水远溪横枫叶丹。
征雁南归声入耳，云窗虚掩醉翁酣。

雨窗夜话

苍藤古木泛新碧，叠嶂清流笼淡烟。
杨柳雾遮垂嫩绿，雨窗夜话爱逃禅。

月夜幽情

竹影绿窗春夜景，好风频谢落花声。
暗思闲梦喜而赋，风拂月窥眠玉惊。

注：

好风频谢落花声，语出五代毛熙震《临江仙·幽闺欲曙闻莺转》。

眠玉，睡梦中的美人。

酣睡（新韵）

临窗侧卧人酣睡，虚枕梦乡泉弄声。
小雪未寒天却暖，幽窗明月对诗翁。

春睡香

泉水叮咚示凉意，风摇竹影鸟啼杨。
木含秀气谷流霭，蝶梦迷晨春睡香。

春梦

早春寒压花梢颤，弱柳拂风珠露零。
月上高楼远烟淡，等闲安睡梦成型。

春韵入梦（新韵）

语燕呢喃晨起早，声声入耳伴春眠。
溪风柳色眉端爽，杏雨桃花梦里闲。

午梦长（新韵）

泉水叮咚示凉意，风摇竹影鸟啼杨。
倦观帘外山烟翠，闲卧凉席午梦长。

午睡

贴水小荷稀点塘，薰风拂面远山长。
高槐叶绿阴初合，浅醉闲眠酣梦香。

感春

东风解冻花将笑，带雨春潮恰是时。
万物复苏诗意动，水温梅谢万红滋。

早春（新韵）

情趣无穷山水娇，天涯浪迹领风骚。
峭风未绿沂河岸，漏泄春光有柳条。

注：

尾联化用了杜甫的名句："侵陵雪色还萱草，漏泄春光有柳条。"
峭风，透着寒气的山风。唐代孟郊留下过："冷露滴梦破，峭风梳
骨寒"这样的千古名词。

赏 春

交颈鸳鸯秀恩爱，吐芽杨柳惹情肠。
凭阑无语赏恬静，月出鸥惊诗意扬。

咏 春

粉蕊玉英飘暗香，回廊画栋映垂杨。
莺啼燕语人陶醉，景美心怡诗欲狂。

赏夜

一

夜阑人静闲亭坐，风细月明春色和。
杨柳吐芽飘嫩绿，春情缕缕醉颜酡。

二

翠鸟啼声惊好梦，披衣踱步感春情。
春烟欲敛山林暗，月挂枝头残夜明。

醉美人（新韵）

莺燕呢喃如梦里，佳人步月画屏中。
歌喉才展鸟抻颈，起舞弄姿花动容。

花容月貌

玉绳低转金波撒，步月婵娟梦幻痴。
三月桃花观景女，花容月貌竞春姿。

月瞅人（新韵）

三月桃花二八女，人容花貌俱青春。
玉绳低转银波洒，庭户无声月瞅人。

醉景

杏腮低亚千山艳，垂柳飘柔万水溶。
风景江南荡心海，物情眼底醒平庸。

注：

杏腮低亚，语出清代陈维崧《沁园春 咏菜花》。原句是："正杏
腮低亚，添他旖旎；柳丝浅拂，益尔轻飔。"

秋韵入梦

金蕊粉英秋菊绽，桂香浮动露华清。
枕边滴梦酣眠里，窗外流鹂三两声。

注：

露华清，语出纳兰性德《鬓云松令·咏浴》句："露华清，人语静。"

初秋击浪（新韵）

碧水澄波涵万嶂，松竹夹岸泻寒声。
初秋击浪三峡上，旭日晨辉迎面风。

洞庭泛舟

西风吹老洞庭水，斜照湖天一抹红。
白鹭翩翩上晴碧，轻舟犁浪入虚空。

注：
首句从元末明初唐珙《题龙阳县青草湖》中的名句化用而来。

舟上赏秋

云凝远岫天将暮，雨浥轻尘叶已秋。
木落风高诗意足，江空夜静梦魂游。

泛舟（新韵）

烟滋露染谷幽嫩，绿翠红溜卉木荣。
兽跃鸟飞山色里，舟行鱼戏浪花中。

泛舟湖上

泛舟湖上湖涵碧，镜里鱼翔桨弄声。
远眺重山色如黛，幽探仙景醉魂倾。

洱海泛舟

青山倒立镜中挂，鱼跃鹰翔竞自由。
洱海行舟水天色，似仙似幻梦中留。

轻舟犁浪（新韵）

白鹭翩翩上晴碧，轻舟犁浪入虚空。
暗香浮动春光里，云想衣裳花想容。

轻舟唱晚

幽香风递花将尽，绿染山林鸟唱枝。
欸乃一声声振宇，轻舟唱晚吐情思。

注：

尾联化用柳宗元名句："烟销日出不见人，欸乃一声山水绿。"

踏青

野花芬苾随风至，翠鸟欢歌迎面呈。
词笔春风天下客，诗情画意古今行。

注：

芬苾，芳香。《荀子·礼论》："五味调香，所以养口也；椒兰芬苾，所以养鼻也。"

耕云种月

黄鹂声小悬泉响，绿水波微翠黛赊。
饮露餐风乐山水，耕云种月享年华。

春光淡荡

淡荡春光裹白烟，踏青时节柳生绵。
空灵飘逸恍如梦，无尽风流诗意燃。

赏夜

月淡风和繁露生，波微水碧映春醒。
夜莺巧啭浑如梦，画里仙姝笑语盈。

注：

春醒：春日醉酒后的困倦。

秋雨秋情

流水苍烟满目秋，林疏山瘦冷风飔。
凭栏独处闻征雁，丝雨无边细若愁。

五

律

追春（新韵）

举目山郭秀，回瞻杨柳垂。

峰奇凌碧汉，日旭洒晨晖。

紫燕穿堂过，苍鹰掠地飞。

胸中诗意荡，索句把春追。

大美忘我

登高临险境，眺迥意飞杨。
峰利似霜剑，潭深泛素光。
梦中仙景现，眼底异花香。
忘我乐山水，虚怀沐晓光。

醉景（新韵）

近岭晴岚漫，远峰缥缈间。
黄鹂鸣翠柳，红杏点春山。
林老翠屏陡，谷幽飞布喧。
神州物华秀，醉景酿诗篇。

庐山游

展眼千重翠，举头峰刺天。
崖松托红日，深谷笼轻烟。
景秀她陶醉，韵佳吾欲仙，
高歌难达意，挥笔赋新篇。

临仙景（新韵）

谷幽人罕至，崖陡水澄莹。
芳卉崖巅笑，黄鹂深树鸣。
才观猴涉险，又见鸟机灵。
仙景诗情动，瑶池醉梦生。

探险猎奇

雨霁山光润，瀑鸣烟雾茫。

虹霓跨幽谷，秀色润情肠。

径陡惊魂魄，峰高小胆量。

弄弦和鸟啭，挥笔写佳章。

注：

雨霁山光润，语出元代爱山《【越调】小桃红·消遣》

泛舟湖海（新韵）

夜静露华坠，莺啼意境仙。
寻幽喜杯酒，乘醉赋诗篇。
舟在风波里，心行物我间。
不惊名与利，惬意享天年。

吟秋

老林光黯黯，　幽谷鸟啾啾。
盈耳风欺竹，　回瞻雨送秋。
登高览山势，　眺望大江流。
诗句写今古，　歌声起暮鸥。

踏春

鱼跃清溪上，乌啼芳树丫。

翠微藏夕霭，丹壑锁烟霞。

珠露学飞雨，蝶蜂忙呫花。

身闲诗意足，心静乐无涯。

注：

乌啼芳树丫，语出张可久的名句："鸟啼芳树丫，燕衔黄柳花。"

舟上赏春色

林间清溜响，舟上晓寒轻。
柳占三春色，莺偷百鸟声。
花鲜心绪好，光动梦魂惊。
品胜清欢足，情酣诗意盈。

注:

颔联引自唐代温庭筠代《太子西池》。

清欢，清雅恬适之乐。语出苏轼的名句："人间有味是清欢。"

墨情真

湖上燕嬉水，镜中莺晞春。

鹊喧红日出，鸥狎渚沙新。

赏景闲情足，看花鹤作邻。

胸中诗意荡，醉里墨情真。

注：

狎，拥挤的意思。

春游（新韵）

幽谷惊初叶，梅林坠晚英。
闲亭依落日，桃李笑春风。
水阔鱼逐浪，山空笛弄声。
吟诗招野叟，沽酒与渔翁。

注：
桃李笑春风，语出清代王泰偕《清明后郊外见菜花偶赋》。

共自然

繁花竞春色，丝柳弄春柔。
眺迥观苍海，登高揽九州。
云涛连晓雾，岚气汇清流。
人与自然共，诗肠索句悠。

享当下

老林风飒飒，翠鸟乱啾啾。

极目长天碧，回瞻楚水流。

长飈落江树，明月照金秋。

人与自然共，何谈愁与忧。

注：

颈联化用了南北朝何逊《赠江长史别诗》中的"长飙落江树，秋月照沙溆"中的意境。

墨云拖雨（新韵）

墨云拖雨过，天净晚烟收。
蝉噪密林静，泉鸣曲调幽。
依阑观秀色，傍水赏清秋。
人与自然共，合一无所求。

注：
首句语出苏轼《江城子·墨云拖雨过西楼》。

春游

千山眉黛扫，绿意涨田畴。
碧水若翠镜，晴岚如瀑流。
星垂平野阔，月涌醉魂悠。
诗海索佳句，笔端翰墨留。

未酒醉

春风弄新绿，仙女赏花痴。
潭碧莺啼夜，月明桃笑枝。
剑峰岚霭绕，空翠露华滋。
未酒人酣醉，心泉泉妙诗。

洗尘心

一（新韵）

红湿香带雨，晴碧远连云。
野卉自幽色，鸣泉空好音。
山光闲有象，空翠净无尘。
日煦悦鸟性，泉鸣洗尘心。

二（新韵）

湖上燕嬉水，花间莺哢春。
松竹奏清韵，流霭暗黄昏。
造化钟神秀，时光贵若金。
依依吟望久，空翠洗尘心。

晨游（新韵）

垂杨飘嫩玉，翠鸟度高枝。

万绿展华彩，群芳竞艳姿。

晓风轻抚面，晨露偶湿衣。

美景招人恋，春光惹尔痴。

诗情画意（新韵）

雨霁现千嶂，霭岚匝几重。
倚阑思旧事，临险感殊荣。
烟翠三春色，鸟鸣深涧中。
诗情荡吾意，墨醉画屏融。

女儿心

笔砚琴书伴，风花雪月吟。
鹊喧红日出，鸥狎渚沙金。
野卉自鲜色，鸣泉空好音。
春风解人意，吹绽女儿心。

入梦

望远岚峰暗，涵虚混太清。
林间春溜响，舟上夜寒轻。
万古苍茫意，悠悠岁月情。
心闲酣梦足，睡重不闻莺。

幽谷夏韵（新韵）

荷花夏日酣，烟水映晴岚。
谷内鸣泉响，花间翠鸟喧。
闲游寻古迹，梦里拜诗仙。
山寺梵呗静，深潭涵洞天。

乐游

玉蝉弹夏曲，翠荷叠青钱。
疏蝶参差舞，雏凫傍母眠。
山明露华重，谷静水光鲜。
自在浑无际，诗吟不记年。

注：

雏凫傍母眠，语出杜甫的绝句《漫兴九首·其七》。

逍遥游（新韵）

半竿斜日照，数簇野花酣。
舟泛碧波里，心飞虚幻间。
佯狂浑似醉，闲卧漫逃禅。
自在浑无际，逍遥飘若仙。

游兴（新韵）

山明晨露冷，谷静水生烟。
蜂抱芳须碌，莺歌旧曲闲。
题诗索佳句，观景享清欢。
画意写今古，逍遥不记年。

逍遥游（新韵）

凭栏观美景，俯首赏名园。

古寺背斜照，深潭映洞天。

夕曛岚翠重，山色水光涵。

诗写古今事，逍遥不记年。

注：

逍遥不记年，语出李白《寻雍尊师隐居》。附原诗：

群峭碧摩天，逍遥不记年。

拨云寻古道，倚石听流泉。

花暖青牛卧，松高白鹤眠。

语来江色暮，独自下寒烟。

泛舟（排律）

际晓燕莺闹，暮春蜂蝶忧。

落红浮碧水，新绿涨平畴。

碧水若翠镜，晴岚如瀑流。

诗情吟未足，画意笔来收。

春色半湖碎，扁舟唱晚悠。

踏青（排律）

野色黄昏黯，闲云晚欲收。

春回岚锁谷，霞散月沉钩。

水绿罗裙皱，山连翠黛幽。

烟波荡江海，鸥鹭宿汀州。

疏懒循故性，清狂销客愁。

偷闲学年少，仿古弄风流。

注：

第五联首句第四字仄声，由对句第三字改为平声拗救。

五

绝

春夕

春云覆幽谷，桃李静年芳。
暮色千山入，熏风万里长。

湖映美人

山空泉带雨，天净水明霞。
池上波涵翠，镜中云鬓华。

采菱女

长飚落江树，夕照洒金秋。
舟上采菱女，歌声起暮鸥。

注：

长飚落江树，语步南梁何逊《赠江长史别诗》。

美人

裙带从风举，佳人待月欢。
展眸惊白鹭，起舞胜翔鸾。

秋眠

促织细吟秋，欲眠思不休。
老林风飒飒，翠鸟乱啾啾。

同春

山色悦鸟性，溪声传妙音。
春风解人意，吹绽女儿心。

赏景

赏景有闲意，看花老眼昏。
久望花解意，凝目景销魂。

夜钓（仄韵诗）

露浓堤外花，月冷岸边柳。
湖海一诗人，烟波三钓叟。

泛舟

一

风嫩片帆举，峰奇光接云。
兴浓诗思远，心静旅魂欣。

二（新韵）

湖上波摇月，堤边柳带烟。
泛舟声色里，载酒水云间。

三（新韵）

柳塘春水绿，菡萏野烟连。
舟泛风波里，心行物我间。

揽秋

一

登高揽秋色，俯瞰大江流。
诗思越三楚，歌声起暮鸥。

注:

俯瞰大江流，语出南宋魏了翁《送秦秘监以显谟知潼川》。

二

登高揽晴碧，鸟瞰楚江流。
镜色半湖碎，渔舟荡晚秋。

漫步

漫步垂杨岸，蛩声聒耳鸣。
夜寒珠露坠，心静忘归程。

秋夜

虚空点星月，寂静沐清晖。
暗觉海风度，萧萧闻雁飞。

注：
尾联引用了王昌龄《太湖秋夕》中的名句。

游记

对榻青山外，当窗原野中。
岚光浮紫翠，秋色醉诗翁。

临顶（新韵）

青山环绿水，幽谷抱千峰。
绝顶赏残月，含薰沐晓风。

注：

青山环绿水，语出清代弘历《舍淳堂》。

幽谷抱千峰，语出欧阳修《忆滁州幽谷》。原句是："滁南幽谷抱千峰，高下山花远近红。"

赏菊

画桥流水东，新月挂梧桐。
赏菊闲亭外，吟诗雅阁中。

注：

画桥流水东，语出南宋陈允平《糖多令·秋暮有感》。

凭阑

展眼闲亭外，凭栏明月中。
悬泉坠如箭，弯月若天弓。

餐霞饮露

野色黄昏黯，云闲晚欲收。
餐霞乐山水，饮露伴沙鸥。

游路艰（新韵）

雾暗九回壁，云埋一半山。
鸟飞愁不过，猿度怯攀援。

注：
云埋一半山，语出辛弃疾《鹧鸪天·其四·送人》。

咏

物

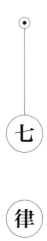

七

律

咏菊

玉骨冰肌凝暑霜，初开金粟映晨光。
蕊寒香冷浮轻翠，恬淡冲和簇嫩黄。
袅袅婷婷添艳色，英英粲粲溢芬芳。
宁于九月增秋景，不屑群葩附暖阳。

再咏菊

轻红浅碧冠中秋，花绽枝头金菊羞。
粉蕊堆堆暗香溢，花云朵朵性情柔。
文人举目诗情发，骚客挥毫意不收。
孰说观花待春日，金英娇艳在深秋。

桂花吟

菊惭梅妒冠中秋，浅碧深红愧不优。
迹远情疏人爱恋，花开意满蝶常述。
轻黄暗淡芳香溢，雅素虚无品质幽。
醉里观花品高下，花中谁与竞风流。

注：

浅碧深红，语出李清照《鹧鸪天·桂花》。

迹远情疏人爱恋，化自李清照名句："暗淡轻黄体性柔，情疏迹远只香留。"

雅素，高雅恬淡；高雅质朴。

醉海棠

海棠亭午沾疏雨，未酒观花醉似痴。
美赛蟠桃绽春色，艳如玉叶缀琼枝。
怜香惜玉吾无语，凝睇回眸尔不私。
岁岁年年花绽放，年年岁岁赋新诗。

注：

海棠亭午沾疏雨，引自南宋吴潜《海棠春·其一·己未清明对海棠有赋》。

蟠桃：神话中的仙桃。

月下杜鹃

星光竹月窗前影，瀑布松风山谷喉。
湿翠醉红花似染，行云有影月含羞。
花香风嫩宿鸟静，天好月凉寰宇幽。
醉里观花品高下，花中谁与竞风流。

注：

颔联化用了宋代吴文英的名句："落絮无声春堕泪，行云有影月含羞。"

七

绝

咏梅

以下两首诗，只首联不同，意境各有千秋。

一

窗涵梦幻雪妆晚，门掩喧声梅报春。
白白朱朱呈俊秀，骨清蕊嫩品怡人。

注：

白白朱朱，语出北宋邵雍《游海棠西山示赵彦成》。

二

苔枝缀玉息禽小，疏影横斜如写真。
白白朱朱呈俊秀，骨清蕊嫩品怡人。

注：

苔枝缀玉，语出南宋姜夔《疏影》。

月夜秋声

月华霜重七星倾，风冷夜深征雁鸣。
秋老枫红山谷醉，亭幽曲雅水流声。

注:

月华霜重，语出秦观《桃源忆故人》。

七星，指北斗星。倾，倾斜。

醉海棠（仄韵）

海棠亭午沾疏雨，美胜瑶池降仙女。
凝睇赏花花未知，怜香惜玉吾无语。

注:

海棠亭午沾疏雨，语出南宋吴潜间《海棠春·其一·己未清明对海棠有赋》。

怜香惜玉，语出元末明初贾仲名《幺篇》

咏荷

一

菡萏花开溢艳姿，亭亭玉立沐晨曦。
田田翠叶青蛙卧，粉嫩莲须蜂蝶痴。

二

出污不染溢仙姿，外直中通不蔓枝。
翠叶田田遮碧水，蕊丝带露蝶蜂痴。

三

荷雨湿衣波澹澹，湖光山色醒浓醒。
芙蓉出水迎风立，袅袅婷婷梦幻生。

赏荷

一

荷叠青钱池面上，莲开玉蕊晓光融。
青蜓点水绿屏里，画意诗情霞彩中。

二

远山渺渺和烟雨，近水田田荷荙风。
霁景麦秋池涨绿，晓岚流霭幻无穷。

三（新韵）

浮萍破处花影笑，陶醉赏荷诗意翁。
欲雨还风回首望，芙蓉塘外有雷声。

池荷跳雨（新韵）

雨润芭蕉晓梦惊，林莺巢燕寂无声。
池荷跳雨珍珠撒，聚散离合银泻清。

注：

池荷跳雨，语出南宋杨万里《昭君怨·咏荷上雨》

说梦

杨柳阴垂斜径暗，古槐叶隐夜莺珑。
影摇窗竹睡床上，声入野泉酣梦中。

春风

轻舟犁浪入虚空，烟渚云帆画卷融。
送暖东风暄大地，熏梅染柳剪裁中。

注：

烟渚云帆，语出白居易《泛太湖书事寄微之》。

熏梅染柳，语出辛弃疾《汉宫春·立春》。

春柳

晓带轻烟飘嫩绿，晚凝深翠伴红霞。
芳原绿野竞春意，桃妒燕嬉情侣夸。

注：

首联化用了北宋寇准《柳》中的名句："晓带轻烟间杏花，晚凝深翠拂平沙。"

五

律

咏菊

一

天上千年艳，人间九月黄。
柔肌包弱骨，金蕊泛崇光。
淡紫凝轻雾，女华凌雪霜。
娇姿黯无语，随性溢芬芳。

注：

宋代康与之有句："解将天上千年艳，翻作人间九月黄。"

娇姿黯无语，语出宋代高观国《祝英台近·荷花》。

二

孤芳幽谷秀，寿客郁金黄。
醉眼偷相顾，轻肌傲雪霜。
紫霞凝薄雾，玉蕊泛崇光。
花瓣蘸朝露，秋风递晚香。

注：

白居易《重阳席上赋白菊》中有："满园花菊郁金黄，中有孤丛色似霜。"

寿客，菊花的雅称。

泛崇光，语出苏轼《海棠》。崇光：高贵华美的光泽，指正在增长的春光。

三

天寒百芳杀，秋菊异花时。
金粟映霞彩，玉容呈艳姿。
凌霜弄春色，迎日抖葩枝。
格雅尘难染，色馨游客痴。

四

女华凌雪霜，娇态溢芬芳。
淡紫凝轻雾，金黄沐夕阳。
柔肌包弱骨，瘦影蘸潇湘。
心伴物华动，情随吟笔扬。

注：
女华，菊花的别名。
瘦影蘸潇湘，自宋代蔡松年《鹧鸪天·赏荷》中的"暮云秋影蘸潇湘"
化用而来。

赏荷（新韵）

一

一轮望舒挂，万里舒霜合。
夜色妆晴碧，琴声临画阁。
柔风皱池水，坠露打团荷。
景美人陶醉，激情化作歌。

注：

望舒，在中国神话中，望舒是为月亮驾车的女神，这里指代月亮。
舒霜，指月光。

万里舒霜合，语出李白名句："万里舒霜合，一条江练横。"

二（新韵）

轻烟笼翠黛，碧水绕闲亭。
鸥鹭挤浮藻，晨凫破翠萍。
娇花醉鸳侣，深树隐黄莺。
天水共一色，涵虚混太清。

三

岸叠青山色，波翻旭日光。
华姿颤无语，翠盖拥红妆。
款款晴风拂，悠悠夏日长。
氤氲烟霭里，袅娜溢芬芳。

注：

翠盖拥红妆，语出北宋苏轼《和文与可洋川园池三十首 其二 横湖》。

云海

临顶观云海，已无峰与齐。
眺瞻云海静，俯瞰剑峰犁。
仙境梦中降，红尘现实离。
激情胸内荡，笔落鬼神奇。

五

绝

咏菊

　　以下四首咏菊，有多处相似之句，各有千秋，一并刊出，由读者评判。

一

　　蕾绽艳姿溢，欺春骄雪霜。
　　柔肌凌片玉，瘦影蘸潇湘。

二

　　紫霞凝薄雾，金蕊泛崇光。
　　孤傲群芳妒，娇姿凌雪霜。

三

雪裁纤蕊密，露湿小苞香。
醉眼偷相顾，华姿凌雪霜。

注：

首联化用了唐末罗隐《菊》中的"雪裁纤蕊密，金拆小苞香"。

南宋张孝祥《鹧鸪天 其一 咏桃菊花》有句："有时醉眼偷相顾，错认陶潜作阮郎。"

四

比桃桃逊色，较玉玉无香。
醉眼偷相顾，女华凌雪霜。

注：

首联从元代佚名《柳叶儿》中的"比花花无语，比玉玉无香"化裁而出。

醉菊

一

醉里幽香溢，回看菊着花。
轻肌包弱骨，金蕊泛流霞。

二

嫩黄凝薄雾，淡紫傲繁霜，
醉眼偷相顾，花丛泛崇光。

咏梅（新韵）

蟾光洗寰宇，梅影动闲窗。
醉眼偷相顾，轻肌傲雪霜。

寒梅

梅绽琼枝腻，寒风送暗香。
冰姿傲天下，仙骨玉人妆。

注：

琼枝腻，语出李清照《渔家傲·雪里已知春信至》。

梅枝著雪，洁如玉枝，故称琼枝。清瘦的梅枝着雪后变得粗肥光洁，故称琼枝腻。

赏梅

小红桃杏色，孤瘦雪霜姿。
不惹蝶蜂嬉，傲寒君子迷。

注：

首联化用了苏轼的名句"故作小红桃杏色，尚余孤瘦雪霜姿"。

听曲赏梅

山光晴有象，空翠净无尘。
三弄惊心动，梅花照眼新。

注：

首联自清代李素梅《应召作》中"彩云晴有象，瑞霭静无尘"句化用而出。

有象，气象万千的意思。

三弄，古曲名：《梅花三弄》。李清照《孤雁儿·藤床纸帐朝眠起》中有"笛声三弄，梅心惊破，多少春情意"这样的妙语。

梅花照眼新，语出元末·李昱《梅花》。

秋月

秋月夜深看，征鸿鸣隔山。
林疏枫叶醉，峰秀太虚间。

注:

"秋月夜深看"，语出白居易《赠元稹》。

母亲河

湍急声咆哮，沿洄不改前。
长征数千里，向海不回还。

壶口瀑布（新韵）

涛巨声咆哮，浪高势劈山。
心怀故园志，向海谱新篇。

观涛（新韵）

横风吹骤雨，巨浪卷白花。
天海共一色，水国难觅涯。

咏荷（新韵）

鸥鹭排青藻，鸳鸯破翠萍。
荷仙涵露立，袅袅溢幽情。

出水芙蓉

举目风波里，芰荷笼淡烟。
芙蓉钟夏日，出水艳如仙。

注：

钟，钟情、钟爱的意思。

霜荷

叶萎柄摇曳，黄添翠减苍。
因何变颜色，昨夜一场霜。

赏荷

水碧薰风细，波微菌苕新。
淡烟笼远径，丝雨浥轻尘。

似梦非梦

月坠星河转，莺啼梦幻痴。
狂来轻世界，醉里得真知。

注：

尾联自唐代钱起《送外甥怀素上人归乡侍奉》中的名句"狂来轻世界，
醉里得真如"化用而出。

春雨

谷深潭水碧，树古叶含滋。
雨细东风嫩，霏霏若散丝。

巨浪

狂风掀巨浪，大海失柔情。
迎面涌成岭，侧看河倒倾。

春柳

云涛连晓雾，岚气汇清流。
弱柳匀如薾，随风舞不休。

思 与 悟

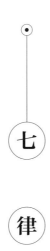
七

律

思远（新韵）

芳兰幽芷春思远，浩淼城池绿意侵。

潭影涵星水天色，岚光浮翠醉吾心。

不争名利眈佳句，却把闲愁付玉琴。

忙里偷闲消日月，诗词国度傲乾坤。

注：

眈佳句，沉溺，沉迷于佳句。

却把闲愁付玉琴，语出元代高明的戏文《戏文·蔡伯喈琵琶记》。

悟

夜深残酒浇陈愁，旧事萦怀愁叠愁。
豆雨击蕉声阵阵，金风撕夜冷飕飕。
时光流逝不回转，当下开明获自由。
美德润心神即爽，纤云弄巧月如钩。

静夜思

二首《静夜思》，一首古韵，一首新韵，孰优孰劣，请读者自辨。

华山古月今人照，太液春风识古情。
银汉无波尘世远，九州有韵太虚生。
新篁脱箨绿初散，青杏褪花酸未成。
难驻韶华惜当下，蹉跎岁月误今生。

注：

太液春风，语出明薛蕙《咏御沟雁》。原句是："太液春风起，潇
湘鸿雁归。"

颈联化用了宋代朱敦儒《浣溪沙 其五》中的名句。原句是："脱
箨修篁初散绿，褪花新杏未成酸。"

静夜思（新韵）

太液春风今古沐，华山玉兔古今明。
新篁脱箨绿初散，青杏褪花酸未成。
难驻韶华惜当下，蹉跎岁月误今生。
碧天无际弯弯月，银汉没涯点点星。

景与悟

一

潭影涵星水天色，层涛蜕月水光粼。

浅桃深杏风姿丽，露染风裁花色新。

时不待吾空溜去，光阴捻指过三春。

红尘拂面消磨尽，今古几多无志身。

注：

层涛蜕月，语出宋代王沂孙《天香·咏龙涎香》中的"孤峤蟠烟，层涛蜕月，骊宫夜采铅水"。

浅桃深杏，语出北宋柳永《玉蝴蝶 其二》。

光阴捻指过三春，引用了元末明初高明《逍遥乐》中的名句。

二

雾笼峡谷鹊桥仙，泉注深潭腾白烟。

峰插云霄情宕渺，鸟翔晴碧意随缘。

乾坤醉美景千叠，造化迷人时万年。

转瞬永恒相续继，惜时惜福即修禅。

误与悟（新韵）

寤宿无眠思未止，萦怀往事舞翩迁。
儿时梦境今犹在，转眼成空岁渐阑。
弃日鬓秋驹过隙，时光催老秒划圈。
荒时废日诚难赦，改过惜时醉写篇。

注：

寤宿，醒而卧；躺卧。语出《诗·卫风·考槃》。附原文："独寐寤宿，永矢弗告。"

弃日，耗费时日，虚度光阴。

阅世师真

官场市井几多事，名利江湖学海舟。
蜗角虚名拼命取，蝇头小利忘情求。
名流也被虚名误，失足难将清誉留。
阅世师真敲警鼓，感时悟道写春秋。

美景险处寻（新韵）

迎目翠屏接落日，层叠画栋醉河山。

丛峰耸立风光秀，瀑布轰鸣声振川。

列嶂横行遮望眼，蛇盘险径勿差肩。

谷幽水碧淡烟笼，竹翠松苍景若仙。

景与思

木含秀气谷流霭，蝶梦迷晨春睡香。
月点湖心水天色，老鱼跳浪画屏狂。
侧身天地观今古，搔首风尘鬓染霜。
世事洞明皆学问，人情练达即文章。

道常存（新韵）

轻烟漠漠丛峰秀，旭日融融众壑深。
捲幔长吟偏有兴，倚阑凝望净无尘。
还因有意常回首，任是无情也动心。
物换时移今似古，如如不动道常存。

注：

轻烟漠漠，语出北宋文同《依韵和蒲诚之春日即事》。

旭日融融，语出明梁乔升《常山阻雨怀同年詹黄门》

任是无情也动心，语出《红楼梦》第63回。

如如，佛教语，指永恒存在的真如。这里是指真理。

如如不动道常存，是真理永在道常存的意思。

育新芳

醉拍衣衫思旧事，纤悲微痛刺情肠。

心怀郁积无由解，欲忘不休心内凉。

世事宏观忘宿怨，襟怀豁达育新芳。

惜时惜福乐当下，莫把闲愁积寸肠。

注：

莫把闲愁积寸肠，语出元代高明《戏文·蔡伯喈琵琶记》。

七

绝

善因善果

薄酒初醒风透窗，舞文弄墨醉儿郎。
种因修德身心健，播爱求真福泽长。

乐活当下（新韵）

愁随潮去愁还返，爱让岩藏爱更深。
莫让浮虚空耗志，乐活当下岁华新。

注：

元代姚燧《普天乐·浙江秋》中有："愁随潮去，恨与山叠。"

感悟

捲幔长吟偏有兴，倚阑凝望净无尘。
蹉跎负却平生愿，奋斗酬吾内在贫。

蓝天（新韵）

湛蓝本是天颜色，无际无边无自私。
施雨兴云泽万物，遮天蔽日只一时。

面向未来（新韵）

孰能更改当时错，预测在先需智博。
直面误区宽待己，乐活当下勿蹉跎。

悟

山明菊瘦霜天冷，雁远枫红野水秋。
心事杯浇事还在，悟能化解万般愁。

墨客情

江头月底有诗意，旧梦新诗陶醉人。
识海遨游览今古，博观世事富精神。

诗书传神

——赏王树进老师字画有感

辞精义炳字传神，气盛势飞无俗尘。
道骨仙风方寸现，诗情画意笔端伸。

五

律

情丝（新韵）

晓入花姿美，春归蓓蕾新。
蹉跎度时日，沽酒慰诗魂。
忧喜皆心火，荣枯是眼尘。
情丝贯今古，心事付瑶琴。

悟空与有形（新韵）

登高临险处，栖鹤作邻惊。
云气嘘青壁，松涛聒耳鸣。
近观云笼谷，眺迥远山横。
大美感无我，悟空思有形。

造化功（新韵）

——游九寨沟原始森林有感

青苔敷古树，风过木萧萧。
腐树已成粉，新苗旁窜高。
自然成造化，生命领风骚。
繁衍无穷尽，神奇万载娇。

游思

湖明镜春色，山秀画屏融。
月夜桃李笑，水光今古同。
神游尘世外，兴在哲思中。
多少世间事，孰能词赋穷。

景与悟

老鱼闲逐浪，桃杏蕾藏红。
鸟啭清溪底，鹭翔晴碧中。
频惊神造化，常骇意虚空。
遍览穷通事，兴亡细品聪。

诗思（新韵）

夜寒珠露坠，鸟啭惹柔情。
山静林霏散，云归幽谷暝。
吟诗歌岁月，含笑坐东风。
酣醉感无我，悟空思有形。

感无我（新韵）

登高临险处，仙鹤被吾惊。
云气嘘青壁，涛声荡翠屏。
枝头黄鸟啭，幽谷淡烟萦。
赏景感无我，悟空禅意生。

注：

云气嘘清壁，引自杜甫《禹庙》。

禅意，即禅心，这里指静心忘我，物我合一的心境。

莫让欲成囚

——劝解诗

新绿如春梦，乱红随水流。
醒来闲放眼，醉去猛回头。
俗事难超脱，时光常淹留。
并非真豁达，实是欲成囚。

奇才

——睹苏轼诗画有感而作

墨泼乾坤秀，毫挥词赋鲜。
盈方呈典迹，咫尺绘山川。
学博识通古，智多能赛仙。
功夫非一日，业绩耀千年。

赏王登武墨宝有感

点画拙藏美，功深字溢强。
诗文呈志趣，墨宝闪辉光。
布局关情理，谋篇寓意长。
德馨情自美，识博艺芬芳。

六十而顺（新）

虚负凌云志，空随逝水年。

愁心寄明月，樽酒慰颓颜。

志满忧愁大，心闲梦寝安。

诗肠索旧句，快意写新篇。

五

绝

思（新韵）

常被世俗困，安能日日新。
浮名虚誉累，荒废隙驹身。

人前人后

——写给贪官污吏

性贪廉乃伪，德缺恶才真。
馋饵吞钩苦，嗜权丢命身。

丰内在

诗书填胸臆，莫怪得香迟。
梅破报春近，先开南向枝。

注：

尾联化用了明代龚敩《为张邦英题钱舜举折枝梅花》中的名句："江梅向暖开南枝。"

悟（新韵）

诗肠引旧句，恍若越千年。
志满忧愁大，心闲梦寝安。

注：

尾联联化用了元代刘庭信《【双调】雁儿落过得胜令·懒栽番岳花》中的名句："心闲梦寝安，志满忧愁大"。

贤者的智慧（新韵）

庄生秋水篇，老子五千言。
荣辱千年事，得失方寸间。

悟空

远山轻扫墨，幽谷淡烟萦。
合一无吾在，悟空禅意生。

哲思（新韵）

心似一湾水，愁如一把盐。
情同心境异，苦乐两重天。

悟与思

醒来闲放眼，醉去猛回头。
乐解智慧锁，悟消今古愁。

注：

三四句为对句拗救，此种情况下的三仄尾合律，软件检测不准。依据王力的诗词格律专著："在该用仄仄平平仄，平平仄仄平的句式中（第一字可平可仄），若首句第三字用了仄声，或第三第四皆用了仄声，可将对句第三字的仄声改用平声字进行拗救。"

光

阴

七

律

光阴如泼

苍崖丹谷丛峰影，瘦蔓春藤玉叶侵。
浅碧回头青满眼，暗黄转瞬绿成阴。
和风迟日闲登览，暖律芳时独对吟。
秀色可餐惊俗目，诗情画意醉吾心。

注：

暖律：古以时令合乐律。暖律乃指暄暖节令，即温暖的时节。

重阳感秋（新韵）

秋风萧瑟絮云洁，枫艳栌黄岁更迭。
草木气衰重九至，征鸿声远影横斜。
时光流转催人老，物景迁移唯梦约。
若不时时常勉励，再回首只剩伤嗟。

惜时未晚

年少心童情梦幻，岁增势逼意彷徨。
才疏识浅难敷衍，眼拙行低瞎自忙。
逝去年华无可挽，觉知当下要担当。
不经彻骨寒冬炼，怎得梅花扑鼻香？

老树着花

自在娇莺鸣翠柳，留连戏蝶蕊间痴。
湖光潋滟九天阔，山色空濛三楚奇。
月影竹移人未觉，容颜风蚀尔无知。
野凫眠岸有闲意，老树著花无丑枝。

注：

留连戏蝶，语出杜甫《江畔独步寻花七绝句·其六》。

九天，天之中央与八方。

三楚，西楚、东楚、南楚，合称三楚。

尾联引用了北宋梅尧臣《东溪》中的名句。

闲吟客

沙白渚清鸥鹭戏，天高云淡燕鹰翔。
侧身天地观今古，搔首风尘鬓染霜。
勤奋方能深造化，等闲辜负好时光。
常为宇宙闲吟客，词笔春风昏晓忙。

感时品物

树古林深绿苔布，峰高径险望之愁。
泉清谷静鸣蝉噪，卉旺苗葱峡谷幽。
傍水凭栏观美景，感时赏物品清秋。
景佳韵美情肠荡，绝句好章心内流。

惜当下

晨光带雨山浮绿，野色含烟水映红。
轻薄桃花随水去，颠狂柳絮倦随风。
垂竿心羡磻溪老，体道人思塞上翁。
难驻青春惜当下，易挥醉墨乐无穷。

注：

野色含烟，语出明储巏《访张养中值其出饮不遇次壁韵留题》。

磻溪老：指姜太公吕尚。

塞上翁，这里指唐代边塞诗人高适。

韵华醉春光

清明时候柳丝黄，蕾破梢头杏出墙。
冉冉春光妆大地，声声鸟语惹柔肠。
木含秀气谷流霭，蝶梦迷晨春睡香。
难觉流年暗中度，阳春三月醉儿郎。

时催人老爱无穷

径边春草梦刚醒，亭外金秋又落红。
岁逼貌衰人未觉，花开花谢幼成翁。
年年岁岁花相似，岁岁年年道互通。
惜福珍时享生命，爱人爱己爱无穷。

注：

年年岁岁花相似，语出初唐刘希夷《相和歌辞·白头吟》。

惜年芳

菊绽金英桂蕊香，枯荷叶底鹭鸶藏。

烟波澹荡摇空碧，野鸭归飞带夕阳。

懒倚西风醉当下，凝望晚色惜年芳。

江空酒熟犹慵去，夜静云闲雁几行。

注：

枯荷叶底鹭鸶藏，语出元贯云石《小梁州》。

往事千端（新韵）

窈窕明霞虚幻里，朦胧诗意染黄昏。
江烟野水怡仙子，晚翠春红悦美人。
捲幔长吟偏有兴，倚阑凝望净无尘。
酡颜醉语情难已，往事千端过眼云。

忙里偷闲（新韵）

偷得浮生几日闲，畅游仙里入苍烟。

谷中呖呖莺声翠，波底依依柳色鲜。

峭触云根峰戴帽，雾嘘岩腹瀑鸣川。

寄情后土尚恬静，淡看虚名享自然。

注：

首句化自元末明初蓝仁《病中 其一》中的"能得浮生几日闲"。

浮生，以人生在世，虚浮不定，坟称人生为"浮生"。原于《庄子·刻意》："其生若浮，其死若休。"

仙里，对他人故乡的美称。

峭，指高而陡的山。

后土，对大地的尊称。

年华（新韵）

微吟低语情难已，往事千端过眼云。

经眼飞花入唇酒，浮荣偶尔绊吾身。

冲开虚幻踏实地，洗尽铅华还本真。

忙里偷闲消日月，遣词炼句写乾坤。

注：

首联末句化用了司马光《送聂秘丞宰桐城二首 其二》中的"往事
云过眼"句。

铅华洗尽还本天真，化用了南宋张孝祥《临江仙》中的名句"铅华
洗尽见天真"。

花开花谢

莺啼燕戏春光美，李白桃红野色鲜。
曲坞煎茶对樽酒，幽窗和月照无眠。
神闲气定亨当下，花谢花开任自然。
弱柳从风酣品味，乐山爱水享天年。

注：

李白桃红，语出中唐羊士谔《山阁闻笛》。

颔联化用了宋代徐宝之《莺啼序》中"曲坞煎茶，小窗眠月"的意境。

花谢花开任自然，化用了宋柴元彪《高阳台·怀钱塘旧游》中的"任他花谢花开"句。

七

绝

诗愁

乱空寒眼不胜秋，业绩平庸志未酬。
鬓雪体衰心却少，狂思醉饮写诗愁。

注：

乱空，落叶纷飞的秋空。

寒眼：眼睛被冷风吹得发涩，感到寒意。

不胜秋：禁不住秋天的萧条。

诗愁，是对事业未成身先衰的一种不甘心，并非指个体小我的追求。

无为而为

池台待月水空逝，莫让光阴徒自流。
智海遨游丰内在，博观约取写春秋。

注：

首联首句化自南唐李煜《浣溪沙·其二》中的："待月池台空逝水"。

尾联末句化自清夏子重《题还读图·寿周叔平先生时年六十·醉秋》中的"博观约取精决择"句。

醉秋

晴碧驼峰冰吐鉴，山光岚霭玉沉钩。

耳闻天籁情同古，泉洗尘心人醉秋。

注：

"冰吐鉴"，描绘的是圆月升起时的动态美景，而"玉沉钩"则是对弯月下沉时的动化写真。

首联上下句结合，则即反映了月升与月落的动态美景，也描绘了月圆月缺的时序飘移过程。

光阴（新韵）

斜阳寒草深秋日，苔翠盈铺雨后林。

景醉翁迷时未觉，一轮飞镜照乾坤。

注：

首句化自清代曹雪芹《咏白海棠》中的"斜阳寒草带重门，苔翠盈铺雨后盆。"

惜流芳

闲思往昔惜流芳，一事无成鬓染霜。
曲坞煎茶渐陶醉，闲窗和月伴诗肠。

注：

一事无成鬓染霜，化用自南宋陆游《鹧鸪天·其一·送叶梦锡》
曲坞煎茶，语出宋徐宝之《莺啼序》。

时间去哪儿了

岁摧月浸朱颜改，雁去雁来几度秋。
潭影闲云眼前过，佳章好赋笔端留。

惜时

草木知秋人未觉，时光飞逝忍淹留。
丰盈内在春常在，得舍随缘岁月悠。

岁月悠悠

触秋韵不生悲感，望碧天看淡去留。
明霁色吟笺赋笔，沐晨辉岁月悠悠。

惜时（新韵）

无限时光有限身，时光偏爱有缘人。
蹉跎负却平生愿，奋斗酬吾晚岁心。

声光影（新韵）

泉响猿啼鸥鹭静，苍藤古木示黄昏。
风吹秋水云移寺，星冻霜空月照林。

注：
首联末句化用了杜甫的名句"翠木苍藤日月昏。"

感时

疏蝉响涩林逾静，泉水叮咚涧更幽。
草木知秋人未觉，时光飞逝忍淹留。

注：

疏蝉响涩林逾静，语出辛弃疾的名句："疏蝉响涩林逾静，冷蝶飞轻菊半开。"

忍淹留，语出曹雪芹的名句："嫁与东风春不管，凭尔去，忍淹留！"

未觉（新韵）

熟梅蒂落夏初深，园内枇杷一树金。
景醉翁迷时未觉，一轮飞镜照乾坤。

惜时

时若江流东逝去，光阴捻指过三春。
惜时惜福惜当下，莫让机缘辜负辰。

春归春去（新韵）

苍崖丹谷回峰影，瘦蔓春藤玉叶新。
浅碧回头青满眼，暗黄转瞬绿成阴。

流年轻度

一川枫叶映芦花，写意乾坤醉晚霞。
闲倚古藤看岁月，流年轻度鬓双华。

注：

流年轻度，语出宋代叶梦得《水调歌头·其七》。

时光如梭（新韵）

殷殷翠翠花花果，暮暮朝朝雨雨风。
脑海芳节花梦醒，阶前梧叶已秋声。

注：

阶前梧叶已秋声，语出朱熹的名句："未觉池塘春草梦，阶前梧叶已秋声"。

望月

儿时月色望中样，玉质幽姿无有中。
斗转星移岁华老，人生苦短爱无穷。

留春不驻

不驻春光醉里留，倚阑无语缕千愁。
衔春燕子来还去，衰退容颜何以酬？

时光

翠檐偶有乳禽啭，老树钩娄云湿巢。
斗转星移吾未觉，时光悄悄把人抛。

识海无边生命有限

物外诗书千万里，人生光景几多时？
惜时惜福惜当下，情恬神怡醉赋词。

惜时

索居竟夜觅佳句，醉袖临轩忆旧游。
懒看镜中容貌老，春风词笔写春秋。

闲云潭影

岁月易虚人易老，寸阴当惜景难留。
闲云潭影光阴逝，物换星移童变叟。

愧（新韵）

醉卧慵思尘世事，闲来空望绕峰云。
无知少识难成事，虚度韶光愧做人。

霜信

霜信秋情报菊花，流年轻度鬓双华。
眺望征雁南飞路，天净无云水映霞。

时匆

暗香浮动微风里，闲绪闲情细雨中。
新翠漫山春满眼，旧朋夜话叹时匆。

秋叹

败荷衰柳示秋意，微冷暗欺红袖衫。
搔首天涯叹岁月，虚名负我皱纹嵌。

注：

虚名负我，语出金末元初·元好问《玉漏迟》。

花落花开

慵多卧石闲观景，枕手无聊幻梦生。
花落花开韵光度，吟笺赋笔任纵横。

注：

韵光，指的是美丽的春光，也可以暗喻自己的青春。

怕寻酒伴

半生虚度韶光去，一事无成诓难持。
愁上眉头心事重，怕寻酒伴懒吟诗。

注：

诓难持，是说自我欺骗难以保持内在与外分在的统一。

怕寻酒伴懒吟诗，引自南宋辛弃疾问《鹧鸪天 其四 重九席上再赋》。

感秋（仄韵诗）

枫红菊绽桂堆玉，燕子归飞留不驻。
弃日无为髦也秋，感时空诵秋声赋。

时光如梭

春梦芳菲近眼前，荻花枫叶染秋天。
时光流转人无觉，岁逼时催又一年。

注：

荻花枫叶染江天，引自元张雨《浔阳琵琶图》。

光阴（新韵）

翦翦轻风送嫩寒，花移月影上阑干。

光阴流转人无觉，恍恍惚惚虚度年。

注：

剪剪轻风，语出南宋苏泂《金陵杂兴二百首 其一百六十五》。

诗趣

触秋色不生悲感，乐苦吟难尽旭曛。

享老年寻章摘句，展诗兴役梦劳筋。

注：

苦吟，反复吟咏，苦心推敲。言做诗极为认真。 唐代冯贽《云仙杂记·苦吟》云："孟浩然眉毫尽落，裴祐袖手，衣袖至穿，王维至走入醋瓮，皆苦吟者也。"

旭曛，早晚，朝夕的意思。 难尽旭曛，是旭曛难尽的倒装句式。

唐代李白《齮歌行·上新平长史兄粲》云："吾兄行乐穷曛旭……"

役梦，梦里都在写诗

劳筋，则是为写诗而常寻险探幽。

寻章摘句，语出中唐李贺《南园十三首·其六》。

五

律

叹与悟

瘦影写微月，疏枝横夕烟。
诗愁额头锁，岁事脑中鲜。
弃日不堪讨，回望难入眠。
跨踌有何用，奋起惜时年。

注：

"瘦影写微月，疏枝横夕烟"，语出陆游《置酒梅花下作短歌》。

岁事，一年中应做的事。弃日，已浪费的时光。

讨，这里是讨还的意思。

莫蹉跎

晨睡醒来拖，黄鹂窗外歌。
凭窗揽春景，拍额叹时梭。
花谢芳菲尽，烟微绿涨坡。
人生当如是，且莫枉蹉跎。

光阴

草绿眼前过，枫红又染秋。
夜垂烟织素，霞散月沉钩。
极目楚天外，眺望江水流。
诗情胸内荡，画意笔来收。

岁 增

天净繁星烁，山空夜色娇。
流年暗偷换，芳泽日潜消。
心尚年轻态，镜中颜已凋。
岁除梅欲动，酒熟任逍遥。

叹流年（新韵）

蜂抱花须碌，莺歌晨曲闲。

江风斜嫩柳，烟水照晴岚。

舟泛碧波里，心飞虚幻间。

瞻光惜岁月，阅水叹流年。

注：

烟水照晴岚，语出元代张养浩《水仙子》。原句是："一江烟水照晴岚，两岸人家接画檐……"

感时匆（新韵）

碧水绿如染，云烟匝几重。
悬泉声满谷，弯月势如弓。
人语絮云外，鸟鸣深涧中。
诗肠索旧句，醉眼感时匆。

注：

云烟匝几重，语出欧阳修《怀嵩楼新开南轩与郡僚小饮》："绕郭
云烟匝几重，昔人曾此感怀嵩。"

耻疏闲（新韵）

瘦影写微月，疏枝横晚烟。

时光蚀帅貌，世味毁容颜。

两鬓霜华重，逍遥不记年。

平生当奋进，盛世耻疏闲。

注：

首联化用了陆游《置酒梅花下作短歌》中的名句。

逍遥不记年，语出李白《寻雍尊师隐居》

怯流年（新韵）

日暮苍山古，云轻楚水寒。
白帆笼淡雾，征雁略胡天。
一树感秋韵，千峰霜叶丹。
题诗思往事，对酒怯流年。

注：

千峰秋叶丹，语出明戚继光《望阙台》。

叹时匆（新韵）

岚光浮草际，江面日华生。
月上清辉满，秋高白露丰。
吟诗歌岁月，把酒叹时匆。
情动花移影，莺啼醉老翁。

注：

中华新韵，匆字不出律。

怀旧骚（新韵）

玉壶明远树，霜雪映寒霄。
天净繁星烁，山空夜色娇。
春初梅欲动，树古木萧萧。
年少尚新异，岁摧怀旧骚。

惜时未晚（仄韵诗）

春归春又去，花落流年度。
生命乃过程，虚抛错已铸。
休将过去更，莫把此时误。
珍惜眼前机，觉知当下遇。

秋情（新韵）

蝉鸣空满耳，幽谷任逍遥。
云气嘘苍壁，峰峦耸碧霄。
胸中豪气在，额上皱纹雕。
慨叹有何用，挥豪写楚骚。

注：

蝉鸣空满耳，语出唐岑参《客舍悲秋有怀两省旧游呈幕中诸公》

酒兴诗肠（排律）

啼鸟衔朝日，流泉漱玉沙。
翠微藏夕霭，丹壑锁烟霞。
红雨桃花落，清阴柳影斜。
寰中尝世味，尘外忘年华。
酒兴诗肠足，天高乐没涯。

绝

秋夜

虚空点星月，寂静沐清晖。
暗觉秋风度，萧萧闻雁飞。

注：
尾联化用了王昌龄《太湖秋夕》中的名句。

时光如梭

风起绿波软，心随景物悠。
春归如昨日，展眼菊黄秋。

惜时

题诗思往事，对酒怅流年。
叹息有何用，惜时师圣贤。

泛舟（新韵）

舟在风波里，心行物我间。
瞻光思岁月，阅水忆流年。

悟

微风皱湖水，明绿染春丝。
珍爱韶华季，不虚年少时。

岁摧容（新韵）

懒起化妆慵，日高花影重，
昔时娇媚女，镜貌不相融。

注：

日高花影重，语出唐杜荀鹤《春宫怨》。原句是："风暖鸟声碎，
日高花影重。"

流年（新韵）

恓惶度时日，枉过错华年。
欢笑情依旧，萧疏鬓已斑。

注：

恓惶，忙碌不安貌。

尾联引用了唐韦应物《淮上喜会梁州故人》中的名句。

时光

柳色绿将暗，花光醉正浓。
流年暗中换，芳泽日潜消。

注：

柳色绿将暗，语出欧阳修《送胡学士知湖州》。

流年暗中换，语出后蜀孟昶《避暑摩诃池上作》。原句是："屈指西风几时来，只恐流年暗中换。"

怯流年（新韵）

枕上壮心在，镜中衰鬓斑。
题诗思往事，对酒怯流年。

寻古探幽

七

律

阳关怀古

一

秋临秋绪感秋怀，不是秋天愁自来。
定远捐躯守边塞，伏波报国裹尸回。
古今多少英雄事，岁月悠悠寂寞台。
触景生情情咋已，题诗客路影徘徊。

注：

本诗借用东汉两位名将马援和班超的典故，缅怀历代戍边将士。

伏波：古代对将军个人能力的一种封号，这里是指马援。

定远：班超曾被封为定远侯，即定远指班超。

二

阳关自古兵家地，我辈今望思绪扬。
浅草平沙接天幕，昔时将士出征场。
兴衰往事徒惊叹，尘土风流幽恨长。
多少英雄奉忠骨，抚今追昔泪沾裳。

梦拜（新韵）

风嫩花娇翠鸟鸣，倾云流蔼满银屏。
谷幽峰险悬泉坠，林静山空瑞气盈。
思邈练丹童叟乐，谪仙弄句鬼神惊。
有缘梦拜先贤面，笔落龙行佳句呈。

注：

思邈，孙思邈。唐代医药学家，被后人称为"药王"。

谪仙，指诗仙李白。

轻舟泛碧

老林窈蔚萦云雾，岚蔼晦冥楼布苔。
水泻深潭声阵阵，峰凌霄汉雪皑皑。
轻舟泛碧寻溪转，落日明沙天倒开。
景秀地偏人罕至，诗仙李白可曾来？

七

绝

楼兰追思

马嘶平野呼鹰地，犬吠草原围猎场。
遥望微茫沙漫漫，回瞻萧索夜苍苍。

注：

首联描摹的是楼兰古城曾经的盛况。

尾联则是今日之楼兰现状。

呼鹰，指行猎。李白《南都行》中有"走马红阳城，呼鹰白河湾。"

阳关怀古

马上琵琶关塞事，回头万里故人辞。
千年旋即成幽梦，似箭光阴日月知。

注：

马上琵琶关塞事，化用自辛弃疾《贺新郎·别茂嘉十二弟》。

太公岛游记

海上渐升晨起月，岸边蠕动未眠鸥。
潮声逐梦醒还醉，吊古评今诗意悠。

五

律

寻古探幽

叶凋峰显瘦，雨洒谷秋凉。
山寺向晚静，野亭飘菊香。
堂虚雕塑废，碑古藓苔苍。
世事云千变，时光梦里荒。

五柳怀古

日华川上抚，天际缈无穷。
三径秋香在，苍波万古同。
雁归惊墨客，莺啭醉诗翁。
睥睨俗尘事，逍遥山水中。

注：

陶渊明，人称五柳先生。

首联化用了韩愈名句"日华川上动，风光草际浮"。

三径，陶渊明《归去来兮》中有："三径就荒，松菊犹存。"其中的"三径"代指陶公曾经隐居地方。

沧波万古同，引自清金朝觐《与孙宝三言海上之胜》。原句是："大泽群流纳，沧波万古同。"。

赤壁怀古（新韵）

蝉鸣尘世外，蝶梦水云乡。
千古兴亡事，几多谋士场。
踟蹰徒感慨，辗转漫悲凉。
回望烟云散，唯留翰墨香。

注：

蝶梦水云乡，语出南宋张孝祥《水调歌头·其三·泛湘江》。

千古兴亡事，语出北宋李新《甲子春趋太学过华山赋仙掌峰》。

吊古抒怀

丹哥同旦暮，江柳共风烟。

舟上观春景，峰巅享自然。

猎奇穷至妙，吊古访先贤。

诗思舒豪气，逍遥不记年。

注：

丹哥，亦作"丹歌"，鹤的别称。唐代赵自然有诗云："丹哥时引舞，来去跨云鸾。"

江柳共风烟，语出中唐刘长卿《新年作》。

逍遥不记年，语出李白《寻雍尊师隐居》。

谩思量

——赤壁怀古

千年兴废事，数载世间王。
回望烟云散，唯留翰墨香。
徘徊徒感慨，辗转谩思量。
世事云千变，浮生梦一场。

今古情（新韵）

泛舟赊月色，对酒话平生。
秋写屏风画，雁呈人字形。
水云迷去路，流霭隐归程。
万古苍茫意，一腔今古情。

注：

颔联首句的重读音落在写和画字上，故可消解屏字的挤韵之伤。

寻仙访古

以下两首诗只有细微差异，但韵味有异，一并刊出，由读者品味。

一（新韵）

山幽萝径险，空翠净无尘。
登揽千峰秀，回眸细草春。
寻仙不辞远，访古务当今。
笔砚诗书伴，风花雪月吟。

二（新韵）

日暮莺声老，花残万物欣。
水云迷远道，空翠净无尘。
登揽千峰秀，回眸细草春。
寻仙不辞远，访古乐当今。

注：

日暮莺声老，语出宋代寇准《踏莎行·春暮》中的名句："春色将阑，莺声渐老，红英落尽青梅小。"

莺声老：黄莺的啼声老涩。说少了些初春时节"莺初学啭尚羞簧"的那种嫩翠。

五

绝

直臣（新韵）

襄王梦觉迟，孰敢有微辞。
宋玉常忠告，皆因性耿直。

注：

襄王梦觉迟，语出李商隐《有感》。原句是："非关宋玉有微辞，却是襄王梦觉迟。"

膜拜

谪仙词赋秀，大美若娇阳。
望里乾坤大，其中日月长。

注：

谪仙，指诗仙李白。

怀五柳先生二首

一

瞻仰先哲墨，若睹圣贤容。
三径秋香溢，苍波万古重。

二（新韵）

难寻三径迹，五柳早没踪。
词赋今犹在，德馨万世功。

勿忘初心

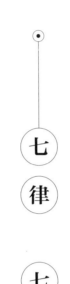

伟人颂

志高学博德无瑕，茹古涵今冠百家。
武略文韬惊世界，功勋业绩耀中华。
救民水火沥肝胆，收复河山建国家。
无畏无私感天地，阳光雨露泽无涯。

恩泽万代

——怀念伟人毛泽东

生于乱世识民苦，鹤立鸿骞气若虹。
通古文韬担正义，博今武略冠群雄。
救民水火聚民意，驱暴时艰济世穷。
光耀千秋同日月，恩达四海夺天功。

守初心（新韵）

——瞻仰一大旧址有感

百年岁月世沧桑，前辈红船主义扬。
火海刀山觅出路，枪林弹雨救存亡。
烧杀抢掠从斯止，积弱积贫由是强。
血染红旗吾辈举，初心不改万年芳。

祖国在呼唤 81192

追忆缅怀情不尽，捐躯为国为民生。

忠心赤胆蓝天写，壮志豪情碧海呈。

碎骨粉身无所惧，赴汤蹈火尽堪迎。

英雄王伟今安在，且看战鹰列队行。

注：

81192，是英雄王伟的编号。

常怀初始心

似水流年风雨侵，时移世易浪淘金。
秋风不老青松绿，老骥常怀初始心。

国门（新韵）

法守人人国久泰，人人守法法福家。
国门卫士国门立，铁面无私品质佳。

海关情（新韵）

履职法度促发展，饱蘸情怀谋创新。
铁面无私尽职守，却邪匡正把国门。

求索（新韵）

求是溯源学问深，未明就里莫脱身。
夙兴夜寐不言弃，功到自然得本真。

为学

书山有路慧为径，学海无涯乐作舟。
思远探奇殊磊落，怀新寻异足风流。

注：

尾联化用了明末清初魏礼的"高僧殊磊落，名士足风流"的妙句。

悔之晚矣（新韵）

——写给贪官污吏

寂寞铁窗西日曛，遥观去路痛穿心。
怵怀恻怆罪责重，贪饵吞钩丢命身。

注：

首联化用了明代朱曰藩《鸡笼山房雨霁》中的妙句："客楼睡起西日曛，钟山曳曳拥归云。"

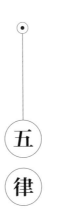

寄语司号手

——题记：谨以此纪念那些为国捐躯的无名烈士，并激励包括我在内的晚辈后生，勿忘初心，砥砺前行！

英雄少俊张，本是读书郎。
国破山河碎，戎装上战场。
舍家燃肉体，杀敌救存亡。
血染神州地，初心我辈扬。

注：

少俊张，指张姓青年才俊。

山河碎与上战场，属流水对。

食米念恩公

——沉痛悼念袁隆平先生

禾下乘凉梦，谁堪与竞荣。
潜心探农事，济世动真情。
仙逝人人泣，品高妇孺惊。
无忧思国士，千古一先生。

怀念

—— 清明时节怀念先辈毛岸英烈士

涛声和雁声，明月共潮生。
独酌怀贤俊，孤吟对月烹。

寄语

—— 献给党的二十大

识丰人气足，学博好担当。
盛世创鸿业，英年写华章。

注：
这里是人格化了我们伟大的中国共产党。

国门卫士（新韵）

驱邪持正义，无畏把国门。
执法促发展，无私不染尘。

　　亲爱的读者，当您读到这里时，相信您已阅读过我的不少诗作，至少已阅读过您所感兴趣的部分作品。对您的赏读，在此深表敬意与感谢！若我的诗作曾给您带去过某种美的享受，曾触动过您的心灵，亦或使您从中得到过哪怕是一丁点的激励与启迪，这就是笔者创作的最大动力和最好报酬了。至少作品没有浪费您宝贵的时间，我就心安了。

　　诗词需要静下心来慢慢地去品、去悟，因为只有如此，方能领略到诗词的美妙，体验到语言背后无尽的韵味。

　　好诗值得反复地去品、去悟。因为同一首诗，会因时机和阅历的不同，而品出不同的味道来的，但愿我的诗作能成为您文化生活合格的伴侣。

　　衷心感谢王树进先生为本书题写书名。

　　再次欢迎读者对作品提出宝贵的意见与建议。